Hermann Sudermann

Das Glück im Winkel

Schauspiel in drei Akten

Hermann Sudermann

Das Glück im Winkel
Schauspiel in drei Akten

ISBN/EAN: 9783743643796

Hergestellt in Europa, USA, Kanada, Australien, Japan

Cover: Foto ©Andreas Hilbeck / pixelio.de

Weitere Bücher finden Sie auf **www.hansebooks.com**

Das
Glück im Winkel.

Schauspiel in drei Akten

von

Hermann Sudermann.

Fünfte Auflage.

Stuttgart 1896.

Verlag der J. G. Cotta'schen Buchhandlung
Nachfolger.

Druck der Union Deutsche Verlagsgesellschaft in Stuttgart.

Seiner alten Freundin

Fräulein Mathilde Jacobson

in Verehrung und Dankbarkeit

zugeeignet.

Berlin, den 1. April 1896.

Perſonen.

Wiedemann, Rektor einer Gemeinde-Mittelſchule.
Eliſabeth, ſeine zweite Frau.
Helene,
Fritz,   ſeine Kinder aus erſter Ehe.
Emil,
Freiherr von Röcknitz auf Witzlingen.
Bettina, ſeine Frau.
Doktor Orb, Kreisſchulinſpektor.
Frau Orb.
Dangel, zweiter Lehrer.
Fräulein Göhre, Lehrerin.
Roſa, Dienſtmädchen bei Wiedemann.

Ort: Eine kleine Kreisſtadt Norddeutſchlands.
Zeit: Gegenwart.

Erster Akt.

Der Wirtschaftshof des Rektors.

Links das Wohnhaus mit einem rechtwinklig in die Scene hinein=
gebauten Seitenflügel. Auf der Coulissenseite eine Veranda. Da=
vor ein großer Lindenbaum, in dessen Schatten ein weißgedeckter
Tisch mit Stühlen steht. Rechts der Giebel des Schulhauses, davor
Turngeräte, gegen den Hof und die Rampe hin durch niedrigen
Staketenzaun abgeschlossen, in demselben eine Pforte. Im Hinter=
grunde Stallungen mit Wirtschaftsgeräten, Wagen 2c. davor. Ein
Staketenthor führt auf die dahinter liegende Straße hinaus.

1. Scene.

(Links um den Tisch herum) Elisabeth, Helene, (mit weiblichen
Arbeiten beschäftigt. Elisabeth eine Stickerei, Helene ein Wollen=
strickzeug. Aus dem Schulhause hört man einen Choral, von den
Kindern zweistimmig gesungen, von einer Geige und einer zuweilen
kräftig eingreifenden Männerstimme begleitet.)

Helene.

Wie schön Papa heute singt!

Elisabeth.

Das fiel mir auch schon auf, mein Kind.

Helene.

Er hat jetzt oft so etwas — etwas Frohes in seiner Stimme. Es ist manchmal, als ob er dem lieben Gott so recht inbrünstig für etwas danken will. (Zärtlich.) Und ich weiß auch, für was . . . Mamachen, sei mir nicht böse, ich hab' mein Knäuel verloren.

Elisabeth.

Ich heb's dir schon auf, mein Liebling. (Legt ihre Arbeit nieder.)

Helene.

Wenn ich am Boden entlang taste, könnt' ich's wohl finden, aber ich rebble dann regelmäßig etwas auf . . . Schönen, schönen Dank, Mamachen! . . . Warum singen sie eigentlich nicht weiter?

Elisabeth.

Du weißt ja, er will heut den Kleinen die Noten erklären.

Helene.

Ach ja, richtig . . . Herr Dangel wollte sie mir neulich auch erklären, aber ich hab' sie doch nicht begriffen . . . Als Kind da war ich recht dumm. Da dacht' ich, die Noten sind kleine runde Engelchen, die sitzen auf einem langen Zaun und schlagen mit den Flügeln. Die Sechzehntel ganz rasch und die halben ganz langsam . . . Und dabei bleib' ich nun schon . . . Herr Dangel gibt sich überhaupt furchtbare Mühe mit mir. Das macht wohl, weil er Blindenlehrer werden will, und da übt er sich nun an mir . . . Gestern hatte er einen Rock an, der faßte sich an wie Wolken . . . Hör doch, Mamachen!

Elisabeth.

Was, mein Liebling?

Helene.

Papa lacht ... Papa ist so vergnügt ... Weißt du auch, warum? Na, rat mal.

Elisabeth (lächelnd).

Na, weil — weil sein Raps so gut gediehen ist.

Helene.

Nein.

Elisabeth.

Oder weil er auf der Bienenausstellung den ersten Preis bekommen hat.

Helene.

O nein.

Elisabeth (lächelnd).

Na, dann weiß ich nicht.

Helene.

Weil er dich hat ... weil er dich hat! ... Und ich bin auch so vergnügt, weil ich dich hab'! In den drei Jahren, daß du hier bist, da ist es immer wie Harfen im Hause ... Aus jedem Winkel klingt was ... Ach, wenn ich denke an früher, als du noch nicht da warst, wie war das fürchterlich! — Die Jungens ungezogen und der Papa mürrisch — und ich überall im Weg ... Hier ein Knuff ... und bald wieder ein Knuff ... Und wie gut sind die Jungens jetzt immer zu mir ... Und meine erste Mama, die war immer traurig. Und zu den Fremden weinte sie immer über mich ... Und dann that sie mir so leid.

Elisabeth.

Laß das ruhen, mein Kind, das ist ja lange her.

Helene.

Ach Gott, wenn du nicht gekommen wärst ... Wenn du nicht —

(Lärm rechts.)

Elisabeth.

Hör, hör! Ist das nicht Herrn Dangels Klasse?

Helene (nickend).

Hm! ... Mamachen, ob er wohl sich verabschieden wird?

Elisabeth (lächelnd).

Er thut's doch gewöhnlich, mein Kind, da wird er doch —

Helene.

Hörst du? Da ist er! Ach, er hat solch einen klingenden Schritt.

2. Scene.

Die Vorigen. Dangel.

Dangel

(mit blondem, ganz jugendlichem Vollbart — etwas engbrüstig. — Graues, zu enges Röckchen).

Schönen guten Tag, Frau Rektor. Ich wollte nur —

Elisabeth.

Nun, war's schwer heute, Herr Dangel?

Dangel.

Es ist mir nie recht schwer genug, Frau Rektor.
Wenn ich bedenke, wie wenig wir thun und —

Helene (einfallend).

Wie viel unser Herr Jesus that — nicht wahr?

Elisabeth.

Nun, jeder in seinem Wirkungskreise, Herr Dangel.

Dangel.

Und sich sagen zu müssen: Vielleicht den füllst du
nicht einmal aus.

Elisabeth.

Nun, Sie werden ja bald einen schwereren haben.

Helene (lebhaft).

Wann gehn Sie fort, Herr Dangel?

Dangel.

Ich weiß nicht, Fräulein Helene. Ich habe mich
an Herrn Kreisschulinspektor gewandt und gesagt, daß
ich mich den Blindeninstituten zur Verfügung stelle, und
daß ich bereit bin, jedes beliebige Eramen abzulegen.

Elisabeth.

Wird das gelingen?

Dangel.

Was ich will, gelingt auch, Frau Rektor.

Elisabeth (mit dem Finger drohend).

Ei, ei, nicht zu forsch.

Dangel.

Ach, Frau Rektor, Sie sind mir eine so hochverehrte, mütterliche Freundin —

Helene.

Pfui, Herr Dangel! Für einen so großen Sohn würde Mama sich bedanken.

Elisabeth.

Sagen Sie ruhig so, Herr Dangel.

Dangel.

Aber Sie müssen mich nicht immer ducken!

Elisabeth (ruhig, fast heiter).

Wenn's niemand sonst thut, so duckt uns das Leben, lieber Freund.

Dangel.

Sie sagen das so bitter.

Elisabeth.

Warum bitter? Ich sag's, weil es so ist.

Helene (horchend).

Mama! (Weist nach hinten.)

Elisabeth.

Wer kommt denn da?

Helene.

Der Herr Kreisschulinspektor.

Elisabeth.

Erkennst du den auch?

Helene.

Ich erkenn' doch jeden.

Dangel.

Adieu denn, Frau Rektor. (Will eilends fort).

3. Scene.

Die Vorigen. Doktor Orb.

Orb (wohlwollend).

Nun, nun, mein junger Freund, bin ich denn so ge=
fürchtet, daß Sie schon bei meinem bloßen Ansichtigwerden
Reißaus nehmen?

Dangel.

O, durchaus nicht gefürchtet, Herr Kreisschulinspektor.

Orb.

Aber auch nicht geliebt — hä?

Dangel (schweigt verlegen).

Elisabeth (ihm zu Hilfe kommend).

Die Scheu vor einem so mächtigen Manne, Herr Kreisschulinspektor, müssen Sie uns Armen schon zu gute halten. Guten Tag übrigens. (Reicht ihm die Hand.)

Orb.

Guten Tag, Frau Rektor! — Guten Tag, Fräulein Hel — — J, da läuft ja noch eine vor mir davon.
(Helene ins Haus ab.)

Elisabeth (lächelnd).

Die läuft nun wirklich, weil sie sich fürchtet.

Orb.

Das arme Kind!! Und über Ihre blinden=freund= lichen Pläne reden wir noch, mein Freund. Ich erwarte den Bescheid des Provinzialschulkollegiums jeglichen Tag. (Reicht ihm die Hand.)

Dangel.

Ich würde ja so glücklich sein, wenn sich —

Orb (streng).

Wie gesagt, wir reden noch.
(Dangel mit Bückling ab.)

4. Scene.

Elisabeth. Doktor Orb.

Orb.

Bei dieser aufsteigenden Hitze des jungen Menschen kommt mir die Idee: Hat sich da etwas angesponnen?

Elifabeth (trocken).

Vielleicht.

Orb.

Hm! (Setzen sich.) Und Sie leiden das?

Elisabeth.

Ja.

Orb.

Hm . . . Kühn!

Elisabeth.

O nein. Aber lassen wir das noch. — Die Sache
wird ja dem Urteil der Aufsichtsbehörde erſt in einigen
Jahren unterliegen. Vorläufig wissen die Hauptbeteiligten
selbst noch nichts davon.

Orb.

Wissen Sie, Frau Nektor, daß ich Sie bewundere?

Elisabeth.

Das ist ja sehr nett von Ihnen.

Orb.

So ruhig — so planvoll — so Ihrer Sache sicher . . .
Das Einzige, was ich nicht verstehe, ist, daß Sie sich in
diese kleinen Verhältnisse haben hineinfinden können, für
die Sie doch — aufrichtig! — zu schade sind.

Elisabeth.

Wollten Sie nicht mit meinem Manne sprechen?

Orb.

Das wollt' ich allerdings, aber ich höre mit Bedauern, daß er noch Schule hält. (Sieht nach der Uhr.) Halb fünf. Ist es eine Straflektion?

Elisabeth.

O nein. Mein Mann hat, Gott sei Dank, nicht viel zu strafen.

Orb.

Ja, er macht vieles mit Güte. — Das ist mir aufgefallen. Ein eigenartiger Mann. Schade, schade! ... Warum mußte dieser Mann, der wie irgend einer von uns zur höheren Carriere berufen war, auf seinem Wege Schiffbruch leiden ... Absolvieren doch so viele Leute, und nicht begabtere als er, die höheren Examina ruhig ... Und da muß er sich nun mit dieser immerhin untergeordneten Stellung behelfen ... Schade, wie gesagt, jammerschade!

Elisabeth.

Glauben Sie, Herr Kreisschulinspektor, es macht mir Spaß, von meinem Manne so reden zu hören?

Orb.

Nun, nun, nun, ich nehme an, wir beide, als seine besten, wohlwollendsten Freunde, wir dürften uns wohl über sein Glück unterhalten.

Elisabeth.

Ueber sein Glück — ja ... über seine Mängel — nein.

Orb.

Ja, was sein Glück betrifft, teuerste Frau, da müßten wir eben von Ihnen reden.

Elisabeth.

Sie sind wirklich zu gütig, Herr Doktor.

Orb.

Ah, unsereins verfolgt eine Fülle von Existenzen durch die verschiedensten Phasen der Entwicklung ... Ich bin ja noch nicht lange hier, aber — — ja, kannten Sie ihn eigentlich schon, als er auf Witzlingen Hauslehrer war?

Elisabeth.

O nein.

Orb.

Aber auf Schloß Witzlingen haben Sie ihn doch kennen gelernt?

Elisabeth.

Allerdings ... Bloß fünfzehn Jahre später. Sein Zögling mußte doch Zeit haben, groß zu werden und sich zu verheiraten, denn ich bin ja erst als Freundin der Frau von Röcknitz nach Witzlingen gekommen.

Orb.

Aha. So war das ... Uebrigens sehr ehrenvoll für den Herrn Baron, den ich als eine einflußreiche und glänzende Persönlichkeit zwar vielfach nennen gehört habe, dem ich aber so viel pietätvolle Rücksicht gar nicht zugetraut hätte.

Elisabeth.

Inwiefern?

Orb.

Nun, da er den Verkehr mit seinem ehemaligen Erzieher so treu aufrecht erhalten hat ... Das ist sonst nicht die Sache der großen Herren. Wie Sie aber, Frau Rektor, aus dem Glanze des Röcknitzschen Hauses, aus den Kreisen vornehmer Gesittung heraus hierher haben —

Elisabeth (aufstehend).

Ich hoffe, Herr Kreisschulinspektor, Sie werden in diesem Hause weder Vornehmheit noch Gesittung zu vermissen haben.

(Links erhebt sich der Lärm der heimgehenden Klasse.)

Orb.

O, daran hab' ich nie gezweifelt... Ich meinte auch nur ...

Elisabeth.

Bitte, sehn Sie, da ist mein Mann.

5. Scene.

Die Vorigen. Wiedemann (mit einem Paket Hefte unter dem Arm).

Wiedemann.

Ah, Herr Kreisschulinspektor — zu so überraschender Zeit ... hätte ich das geahnt, ich hätte die Kinder doch mindestens einen Schlußchoral singen lassen.

Elisabeth (im Fortgehen sich umdrehend).

Pardon, mögen Sie eine Tasse Kaffee mit uns trinken, Herr Doktor?

Orb.

Sehr liebenswürdig! ... Sie wissen, ich denke in diesen Dingen sehr strenge, — aber da ich diesmal außerdienstlich hier bin, so darf ich schon statt des mangelnden Schlußchorals ... (Verbeugt sich.)

Wiedemann.

Ich bitte, Herr Kreisschulinspektor, — ich lasse ihn sonst immer singen, nur weil es heute schon —

Elisabeth (ihres Mannes Arm streichelnd).

Na, wird's ihm den Kopf kosten, Herr Doktor?

Orb (wehrt lächelnd ab).

Ah!

Elisabeth.

Soll ich die Hefte mitnehmen?

Wiedemann.

Wenn du so gut sein willst.

Elisabeth.

Auf Wiedersehen also. (Durch die Veranda ab.)

Orb (nachdem sie verschwunden ist, sich setzend).

Im Gegenteil, mein lieber Rektor, wenn ich mir bei dieser Gelegenheit eine kleine freundschaftliche Bemerkung gestatten darf, so möchte ich viel eher vor einem gewissen — Uebereifer warnen.

Wiedemann.

Wie? Hab' ich etwas — — ?

Orb.

Sie haben nichts . . . Sie haben gar nichts . . . Verstehen Sie mich recht. Aber man kann des Guten auch zu viel thun . . . Vier Uhr ist die vorgeschriebene Schlußzeit. Die Kinder werden zu Hause gebraucht. Der

Weg ist zum Teil weit. Mir sagte schon der Super=
intendent neulich: Wissen Sie, die Wiedemannschen Schüler
haben so etwas Abgehetztes.

Wiedemann.

Das ist das Urteil des Herrn Superintendenten
über mich?

Orb.

O nein, er warf das nur so hin.

Wiedemann (aufstehend).

Ich bin für meine Schüler wie ein Vater, Herr
Kreisschulinspektor. — (Emil und Fritz sind am Schulhause
aufgetaucht und wollen verlegen zurück.)

6. Scene.
Die Vorigen. Emil. Fritz.

Wiedemann.

Das weiß ein jeder... Sehen Sie, da kommen meine
beiden Jungens, na, kommt mal her, Jungens... Der
Herr Kreisschulinspektor thut euch nichts... (Leiser.) Sehen
Sie, daß man sein Fleisch und Blut lieber hat, als alle
andern, das versteht sich von selbst. Und wer Ihnen das
Gegenteil einreden will, das ist ein Heuchler — aber
fragen Sie nach, ob nicht der Letzte auf der letzten Bank
das Gefühl mit nach Hause trägt, er steht mir ebenso
nah wie sie.

Orb.

O, davon bin ich überzeugt... bin ich überzeugt...
Es war ja auch nicht so .. 'n Tag, Jungens. Na, lernt
ihr tüchtig?

Fritz.

Jawohl, ich lern' jetzt auch Griechisch.

Orb.

Ah!

Fritz.

Nächsten Michaeli krieg' ich schon die Verben auf mi . . .

Orb.

Ei, ei, ei. Und du? Was kannst du?

Emil.

Was Fritz kann, kann ich alle Tage.

Orb.

So? Und wann kommt ihr aufs Gymnasium?

Fritz.

Vater sagt, er weiß noch nicht.

Wiedemann.

Ich will sie selbst bis auf Unter=Sekunda bringen, Herr Kreisschulinspektor. Sie haben die Mutter zu lange entbehren müssen, als daß ich sie schon jetzt ihrem Einfluß entziehen möchte . . . So, jetzt macht dem Herrn Kreisschulinspektor euren Diener.

Fritz.

Vater, dürfen wir 'n bißchen auf den Markt gehn?

Wiedemann.

Was ist denn da?

Emil.

Zum Pferdemarkt is 'n Mann gekommen mit 'n Kamel.

Orb.

Man sagt mit einem Kamele, mein Sohn.

Emil.

Jawohl, mit einem Kamelee.

Wiedemann.

Erst die Mutter fragen. (Fritz und Emil ab.)

7. Scene.

Wiedemann. Doktor Orb. (Später) Elisabeth.

Orb.

Sie sind eigentlich doch in beneidenswerten Verhältnissen, lieber Rektor. Gleich zwei Söhne auf die höheren Schulen zu schicken. Nicht viele Lehrer können das.

Wiedemann.

Wenn ich aufrichtig sein soll, Herr Kreisschulinspektor, unser Glück ist das Schulland, das wir nun selbst bewirtschaften. Früher hatte ich es ja verpachtet. Aber meine Frau, die auf Gütern groß geworden ist, sehnte sich nach ländlicher Arbeit, und unter ihrer gesegneten Hand gedeiht der kleine Betrieb so prächtig.

Orb.

Das ist ja alles sehr gut und schön, und ich gratuliere Ihnen von Herzen, aber Sie selbst, teuerster Rektor, fühlen Sie sich nicht sehr — e — abgezogen?

Wiedemann.

Ab — ge —?

Orb.

Ich meine damit, ein Mann muß doch das ungeteilte Interesse seinem Berufe darbringen — er muß doch eigentlich — e —

Wiedemann.

Ja, nun weiß ich wirklich nicht mehr . . .

Elisabeth
(mit der Kaffeetablette durch die Hausthür, mit überlegener Heiterkeit).

Na, Herr Kreisschulinspektor, nörgeln Sie schon wieder ein bißchen?

Wiedemann.

Aber Elisabeth!

Orb.

Hm, hm!

Elisabeth.

Ich möchte Sie um eines bitten, lieber Herr Doktor, lassen Sie meinen Mann in Ruh', — er thut seine Pflicht.

Wiedemann.

Meine Pflicht thu' ich freilich. Aber sagen, Elisabeth, darfst du so etwas nicht.

Elisabeth.

Tasse Kaffee gefällig?

Orb.

O danke ergebenst. (Bedient sich. Elisabeth ab.)

Wiedemann.

Ich bitte Sie inständigst, Herr Kreisschulinspektor, rechnen Sie meiner Frau das nicht an. Sie weiß immer noch nicht, wie das —

Orb.

Sie rauchen nicht?

Wiedemann.

Nein, ich rauche nicht ... Aber gestatten Sie — (Will aufstehn.)

Orb.

Bitte, ich habe meine eigenen. (Zieht sein Etui hervor.) Sehn Sie, lieber Freund, das ist auch so eine Sache, über die wir mal reden müssen. Ihre Gattin ist aus dem Röcknitzschen Hause her, das wir von Hörensagen ja alle kennen und schätzen, wenn wir auch nicht alle den Vorzug haben, darin zu verkehren — übrigens könnten Sie mich bei Gelegenheit vielleicht mit dem Baron bekannt machen. Sie sind ja wohl immer noch befreundet?

Wiedemann.

Befreundet — das heißt —

Orb.

Nun ja, ja, aber er besucht Sie doch?

Wiedemann.

Die Herrschaften sind schon lange nicht mehr bei uns gewesen.

Orb.

Wird er denn nicht zum morgigen Pferdemarkt kommen? Man sollte doch meinen —

Wiedemann.

Es ist wohl möglich — vielleicht sogar wahrscheinlich. Kurz, ich weiß wirklich nicht.

Orb.

Also was wollt' ich doch sagen? Ja, Ihre Frau ist also von Schloß Witzlingen her an einen gewissen nonchalanten, von oben herabkommenden Ton gewöhnt, der wirklich nicht zu ihren jetzigen Verhältnissen paßt. Sie hörten selbst vorhin ... So was geht nicht ... Ich will ihr ja weiter keinen Vorwurf machen. Es ist ja sonst, Gott sei Dank, niemand von der Lehrerschaft (Sieht sich um.) dabei gewesen, aber sagen Sie mal, liebster Freund, alles in allem, — wie sind Sie auf die Idee gekommen, ein Mädchen mit solchen Ansprüchen, das in der Gesellschaft eine Rolle spielte — das ist doch eigentlich rätselhaft ... Wie kam das? — Hat man Ihnen Mut gemacht? ... Haben Sie irgendwelche — irgendwie —

Wiedemann.

Herr Kreisschulinspektor, wenn diese Frage nicht etwa dienstlichen Charakter trägt —

Orb.

Aber lieber Freund, wie können Sie ein von rein menschlichem Wohlwollen diktiertes Interesse —

— 28 —

Elisabeth
(die einige Augenblicke in der offenen Thür gestanden hat).

Nun denn, Herr Kreisschulinspektor, gestatten Sie mir, daß ich statt meines Mannes die Antwort übernehme, nach der Sie ja .ein ganz besonderes Verlangen zu empfinden scheinen ... Sehn Sie ... ich war Waise ... und war arm und stieß mich bei vornehmen Verwandten herum, von meinem zwölften Jahre an. Vom Bahnhof abgeholt — zum Bahnhof zurückexpediert — das richtige herrenlose Gut. Ah, da bekommt man schon Sehnsucht nach einem Herrn. So müde und zerschlagen war ich, daß ich schließlich nichts weiter wollte wie einen stillen Winkel, wo ich in Ruhe dienen und arbeiten konnte. Und wenn ich mir das Glück hätte stehlen und vom Himmel hätte herunterreißen müssen, ich hätt's gethan — und hätt' es heimlich in meinen Winkel geschleppt und mich davorgestellt — wie Elstern Blankes in den Winkel schleppen. Und wenn ich's dreitausendmal gestohlen hätt' — mein bißchen Glück, und wenn ich dreitausendmal nicht hierher gehör', hier steh' ich und halte Wache davor und breite meine Arme drüber aus, und wer dran rühren will, muß über mich hinweg ... So, Herr Kreisschulinspektor, und wenn Sie noch weiteres wissen wollen, fragen Sie nur, fragen Sie nur, ich stehe zu Diensten.

Orb.

Aber meine verehrteste Freundin, ich weiß nicht, warum Sie so erregt sind.

Elisabeth.

Ich bin ja nicht erregt.

Orb.

Ich kam als Freund, als teilnehmender Freund, als wohlwollender Freund — und nichts war mir erwünschter, als ein bescheidener Zeuge Ihres Glückes zu sein. (Nimmt Hut und Stock.)

Elisabeth.

Wollen Sie schon gehn?

Orb.

Leider ist meine Zeit — — — Mein lieber Rektor, ich verlasse Sie voll Bewunderung, (Mit einem Versuch zu scherzen.) und wäre ich nicht ein guter, christlicher Hausvater, ich glaube wahrhaftig, ich würde neidisch sein.

(Mit Verbeugung nach hinten ab, vom Rektor geleitet.)

8. Scene.

Elisabeth. Wiedemann.

Elisabeth (geht nachdenklich auf und nieder).

Wiedemann

(kehrt zurück und sinkt wie ermattet in einen Stuhl).

Elisabeth.

Was ist dir, Georg? Du bist ja ganz ... Soll ich dir deine Tropfen bringen? (Er schüttelt den Kopf; sie bleibt neben ihm stehn und streichelt sein Haar.) Sie sollen uns in Ruh' lassen! ... Was wollen sie von uns? Wir thun keinem Menschen was Böses. Bloß in Ruh' lassen sollen sie uns.

Wiedemann.

Ja, ja, es kommt, wie es muß.

Elisabeth.

Was kommt? Was muß?

Wiedemann (schüttelt den Kopf).

Elisabeth.

Siehst du, laß mich nicht bitten, red doch ein Wort.

Wiedemann.

Sie gönnen es uns nicht.

Elisabeth.

Was?

Wiedemann.

Unser Glück.

Elisabeth (nachdenklich).

Unser Glück!

Wiedemann.

Nein, nein, verzeih! Ich will sagen: mein, mein ... ganz egoistisch bloß mein Glück ... Denn du — hab Dank für alles ... du hast ja eben herrlich und warm für uns gesprochen ... Und du meinst es auch so — gewiß ... Vielmehr — du willst dich zwingen, es so zu meinen ... Aber es muß dir ja doch alles hier wie eine Kasteiung sein ... So ein Besuch wie der, der eben wegging ... Wie magst du höhnen innerlich!

Elisabeth.

Du weißt, ich höhne nie.

Wiedemann.

Alle fragen sie mich: Wie hast du's wagen können
... Wie hast du's wagen können? Und siehst du, Eli=
sabeth, ich hätt's ja auch nicht gewagt ... denn schließ=
lich was war ich? Der vorkommene Kandidat, der arme
Schulmeister, der alternde Witwer mit drei Kindern —
und eins davon ein Krüppel. Ich hatte ja nur ganz
scheu zu dir in die Höhe gesehen und nach deinen traurigen
Augen ... Ich war ja bloß gerade so geduldet unter
den Witzlinger Gästen ... Wär' jene Nacht nicht gekommen
im Schloßgarten, wo ich dich weinend hinter der Neptuns=
grotte antraf und wo du mir von deiner Verlassenheit
erzähltest —

Elisabeth.

Wie hast du mir da schön Mut zugesprochen. Bist
ein lieber Mensch.

Wiedemann.

Siehst du, von da an meint' ich, ich dürst' es ...
denn das Glück hält ja schließlich am festesten, das aus
zweierlei Unglück zusammengeschweißt ist ... Aber so
weit verstieg ich mich gar nicht ... Ich dachte nur: Dauert's,
so lange es dauert ... Hilfe braucht sie ... sie wird
wieder stark werden in der Stille ... Und dann soll sie
in Gottes Namen den Staub meines Hauses von ihren
Füßen schütteln. Und wenn ich sie bloß ein Jahr für
mich hab'. Das wird übergenug sein für ein ganzes
Leben .. Und nun dauert's schon an die drei Jahre ...

Und das kommt mir mehr und mehr als ein Frevel vor
an dir.

Elisabeth.

Siehst du, Georg, ihr macht alle den Fehler, du
und ihr alle hier — selbst die Spürnase, die eben wegging, daß ihr mich für ganz was Besonderes haltet. Ich
bin aber nichts Besonderes ... Ich bin keine verwun-
schene Prinzessin ... Ich bin ein ganz gewöhnliches Menschenkind. Und da, wo ich früher lebte, da hat man das
wohl gewußt.

Wiedemann.

Du irrst dich ... Sie schwärmten alle für dich —
Frauen und Männer.

Elisabeth (mit bitterem Lächeln).

Jawohl, besonders die Männer. (Da er leise zusammen-
zuckt). Was hast du, Georg?

Wiedemann.

Ich — nichts.

Elisabeth.

Mir ist manchmal, als ob du mir etwas verbirgst.

Wiedemann.

Sag, verbirgst du mir nichts?

Elisabeth.

Lieber Freund, du weißt: Vertrauen gegen Vertrauen. Du sagtest zu mir: Wenn du mein sein willst,
oder du sagtest ja wohl noch „Sie“ zu mir, so erklären
Sie mir nichts und lassen Sie alles begraben sein ...
Dasselbe bitt' ich für mich. Nicht wahr, das sagtest du doch?

Wiedemann.

Ach, laß es.

Elisabeth.

Warum?

Wiedemann.

Mein Gott, was sollt' ich machen? Noch einmal das alles in die Höhe zu würgen, was ich hinuntergeschluckt hatte all die Zeit — an Gebucktwerden und Kleingemacht- werden und Selbstentwürdigung — das hatte doch keinen Sinn. Den Kampf um das tägliche Brot, den hätt' ich wohl noch überstanden, denn das eine glaub mir: Leicht- sinnig war ich nie.

Elisabeth (lächelnd).

Nichts glaub' ich dir so wie das.

Wiedemann.

Aber schlimmer, schlimmer war der Kampf mit dem eigenen müden, schwerfälligen Kopf... Wenn die ganze Welt dir zuschreit, jeder Kamerad, der dich überflügelt, jeder Geck, der über dich witzelt, jeder kluge, frohe Mensch, dem du die Antwort schuldig bleibst, wenn alles schreit — alles schreit: Begabt sein — begabt sein!... Und du fühlst, du kannst nicht mehr, dein Hirn hat in dem langen Ringen die Spannkraft verloren... Und dann nach all der Hauslehrerei mit Müh' und Not das Mittelschul-Examen zurechtgeschustert... bloß um schließlich einen Unterschlupf zu haben... denn so ein armer Teufel pflegt ja auch immer verlobt zu sein.

Elisabeth.

Laß sie ruhen, Georg!... Wir tragen ihr Blumen aufs Grab und damit gut!

Wiedemann.

Gut! Ich laß' sie ruhen ... Aber sollt' ich dir das nun alles wiederkäuen? ... Nein, Elisabeth, das wär' mir wie Selbstmord gewesen. Das bißchen Achtung, was du für mich hegtest, das wenigstens mußt' ich mir doch schützen ... Aber nun ich dich hab' und mit dir zusammen wirklich das Glück in diesen Winkel gekommen ist, nun ich wieder ein bißchen Frohsein gelernt hab', nun werd' ich die Angst nicht los, es könnt' mir wieder verloren gehn.

Elisabeth.

Aber Georg, wer soll es dir nehmen?

Wiedemann.

Das weiß ich nicht ... Aber was geschehen muß, geschieht. Denn siehst du, es gehört mir ja gar nicht ... Ich hab' es gestohlen ... Das Gefühl hat alle Welt und — (Beklommen, zögernd.) ich hab's auch.

Elisabeth.

Wem denn? Georg, besinn dich doch, wem denn?

Wiedemann.

Das ist nicht so leicht zu sagen. Da müßt' ich über vieles klarer sein in dir und in mir ... Aber vorhin, als du von den Elstern sprachst, die sich das Blanke in den Winkel tragen, da ist es mir brennend heiß durch die Glieder gegangen —

9. Scene.

Die vorigen. Helene (in der Veranda erscheinend. Später)
Fritz und Emil (von hinten).

Elisabeth.

Scht!... Was willst du, mein Liebling?

Helene.

Mamachen, Rosa will wissen, wo sie heut zum Abend
decken soll.

Elisabeth.

Komm her, Lenchen.

Helene.

Was soll ich, Mamachen?

Elisabeth (sie bei der Hand fassend).

Gib dem Papa einen Kuß und sag ihm, daß er
sich unnütz quält, und wie wir ihn lieb haben — alle.

Helene (seine Backe streichelnd).

Papa, ja — gewiß, Papa.

Wiedemann.

Und du sag der Mama, Lenchen, wie es früher hier
war und wie wir ihr danken wollen bis zum letzten —

Emil und Fritz (auf den Hof stürmend durcheinander).

Mama, Papa, denkt euch, Onkel Röcknitz und Tante
Bettina sind da.

Wiedemann.

Ah, ist das eine Freude! Was, Elisabeth?

Elisabeth (ruhig).

Gewiß. Ich freue mich immer, wenn Bettina kommt.

Emil.

Denkt euch, Onkel Röcknitz hat neun Pferde mitge=
bracht — drei Braune — ein Bläß mit weißen Füßen
— zwei Schimmel —

Fritz.

Nein, bloß ein Schimmel. Das andre war ein
Fliegenschimmel.

Emil.

Mama, er denkt, ich kenn' keinen Fliegenschimmel.

Wiedemann.

Wo habt ihr sie denn getroffen?

Fritz.

Vorm „Schwarzen Adler". Da kamen sie eben raus
und wollten zu uns . . . Onkel Röcknitz war wieder furcht=
bar drollig. Rennt vor nach Hause und macht Radau,
hat er gesagt.

Emil.

Radau ist die Hauptsache, hat er gesagt.

Wiedemann.

Das sieht ihm ähnlich, dem wilden Jungen . . . So
war er, Elisabeth.

Elisabeth (bejahend).

Hm!

Helene.

Mama, was hast du?

Elisabeth.

Nichts, mein Liebling.

10. Scene.

Die vorigen. Freiherr von Röcknitz. Bettina.

Emil und Fritz (ihnen entgegen).

Hurra, Onkel Röcknitz!

Röcknitz.

Na vorwärts, vorwärts, schreit doch, Bengels. Was
ist denn das?

Emil und Fritz (lauter).

Hurra!

Röcknitz.

So is recht! (Während Elisabeth und Bettina sich umarmen, Wiedemann die Hand reichend.) Na — also wie geht's
Euch, Herr und Meister?

Wiedemann.

Schön' Dank, mein alter Röcknitz. Ihnen geht's gut?

Röcknitz.

Na, Sie wissen ja, man schwindelt sich so durchs
Leben. Ruhig, ruhig, Jungens, erst kommt Mama ...
Ei der Teufel, Frau Elisabeth! .. na, na, na, haben Sie
keine Angst, — meine Huldigungen behalt' ich für mich ...
(Küßt ihr die Hand.) ich könnte mir zu leicht den Mund ver-
brennen.

Emil.

Warum soll er sich den Mund verbrennen, Papa?

Wiedemann.

Onkel Röcknitz macht Spaß.

Elisabeth.

Wie seid ihr untergebracht, Bettina?

Bettina (zuckt lächelnd die Achseln).

Röcknitz.

Ach, teuerste Elisabeth, wer uns eine abgelegte Hunde=
bude zur Verfügung stellen wollte, würde sich Gottes Lohn
damit verdienen.

Wiedemann.

Wollen Sie denn nicht eine Ausnahme machen und
diesmal bei uns —?

Elisabeth (ihm rasch ins Wort fallend).

Aber du weißt ja, Georg, daß leider ... O, mit
Bettina würde sich's schon arrangieren lassen — aber —

Wiedemann.

Ich verstehe dich nicht, Elisabeth. Ich kann ja für
den Notfall ins Schulhaus hinüber.

Röcknitz.

Schönste Hausfrau, legen Sie mal die Hand aufs
Herz! Steckt da nicht ein bissel böser Wille dahinter?

Bettina.

Elisabeth hegt doch gegen uns keinen bösen Willen,
Alfred ... Nicht wahr, mein Schatz?

Elisabeth.

Das weißt du wohl am besten, Bettina.

Röcknitz.

Na, dann wär' die Sache doch in Ordnung. Warum
soll er nicht ins Schulhaus? Eingeladen zwar sind wir
nicht, aber annehmen thun wir dankend ... Und ihr
Jungens, lauft mal für nach dem „Schwarzen Adler"
rüber und sagt meinem Stallknecht, dem August, wo wir
sind. Das übrige weiß er schon. Ihr kennt doch den
August mit seiner roten Turkomütze — hä?

Fritz.

Der August ist doch mein Freund.

Emil.

Mir hat er auch seine Uhr gezeigt. Die hat er dem
Fritz nicht gezeigt.

Röcknitz.

So? Na, dann hat er dir vielleicht auch anvertraut,
wo er sie gestohlen hat!... 'Kerl is nämlich ein Lumpen-
hund, aber bei den Pferden unersetzlich. (Zu den Jungen.)
Na vorwärts, Beine! (Fritz und Emil ab.) Jawohl, ich und
mein August, wir sind die beiden letzten Menschen, die
was von Pferden verstehn. Uebrigens Sie, Elisabeth,
Sie hatten so den Flair. Aus Ihnen hätt' noch mal was
werden können.

Elisabeth (lächelnd).

Bis zum Stallknecht hätt' ich's doch nie gebracht.

Röcknitz.

Leider, leider! Es gibt eben Leute, die haben ihr

Schicksal schon im Keim verpfuscht ... Was, mein alter
Kandidat? Na, Sie freilich, Sie lachen uns alle aus.

Wiedemann.

Zum Auslachen hab' ich nicht eben viel Talent, lieber
Röcknitz.

Röcknitz.

Wer so 'ne Frau hat, der hat zu allem Talent ...
He — was steckt denn da hinterm Baum? Ganz mucke-
duckestill steckt da was hinterm Baum!

Bettina (auf Helene zueilend).

Lenchen, seit wann bist du so scheu geworden?

Helene (in ihre Arme fliegend).

Liebe, liebe Tante Bettina.

Röcknitz.

Na und ich krieg' keinen Kuß?

Helene

(geht langsam auf ihn zu und will ihm die Stirn darreichen, dann
kehrt sie plötzlich um und eilt tastend ins Haus, auf den Stufen
strauchelnd).

Elisabeth.

Lenchen!

Wiedemann.

Was hat das Kind?

Röcknitz.

Aus Kindern werden Jungfern, das ist nicht anders.

Elisabeth.

Verzeih, Bettina, ich muß nur sehn, was —

Bettina.

Nimm mich mit, Herz, ich bin müde.

Röcknitz (ihr nachlässig die Wange klopfend).

Ja, ja, nehmen Sie sie man mit. Ich hab' sie tot= geredt!

Elisabeth.

Wir werden sie Ihnen wieder lebendig machen. Auf Wiedersehn.

Röcknitz.

Auf Wiedersehn, schöne Hausfrau!

(Die beiden Frauen ins Haus ab.)

11. Scene.

Wiedemann. v. Röcknitz.

Röcknitz (starrt den Frauen nach).

Wissen Sie, Wiedemann, sie ist noch schöner ge= worden, seit sie Ihre Frau ist! Die Linie, wie sie so die Treppe raufging … Und meine daneben! … Sagen Sie mal, Mann, wissen Sie nu wenigstens, was Sie da haben?

Wiedemann.

Ich glaube ja, Röcknitz.

Röcknitz (zweifelnd).

Na, na! … Ja … ja ja … Na, und sonst, was macht die edle Schulmeisterei? Immer munter? Ein gott= verfluchtes Handwerk … In Sibirien — hinten links um die Ecke — da gibt es eine Arsenikgrube … Da hat man schon manchen ringehn sehn, aber noch nie kam einer wieder raus … So ungefähr stell' ich mir das Schul= meistern vor.

Wiedemann (schnalzt lächelnd mit der Zunge).

Röcknitz.

Ne, diese Rangen! ... Pulver unterlegen und in die Luft sprengen, — das wär' so meine Pädagogik... Und ich war von allen der dollste, — was?

Wiedemann.

Na, dafür sind Sie ja auch ein Mordskerl geworden.

Röcknitz.

Ja, ja — man sagt's. Wenigstens geht alles bei mir mit Dampf. Wenn ich nicht schuften kann, dann mach' ich dumme Streiche ... denn ich sag' Ihnen, die Weiber! Was die einem zusetzen! ... Also da wird nu geschuftet! ... Seit Sie zuletzt auf Witzlingen waren, hab' ich sechzig Morgen Wiese drainiert — das Tief-kulturareal hab' ich aufs Doppelte gebracht... Bockzucht hab' ich angelegt ... 32 Stück Remonte hab' ich abge-liefert — 'ne transportable Eisenbahn hab' ich gekauft für die Rübenabfuhr — die verpump' ich nu der Reih' nach an die Besitzer und verdien' ein klotziges Geld dabei. Denn, weiß der Deibel, ich bin so 'n Kerl, mir glückt alles.

Wiedemann (leuchtend).

Ja ja, Röcknitz — so einer wie Sie ... so eine Siegernatur — es ist schon ein Glück, bloß zuzusehen, wie so was die Flügel regt.

Röcknitz.

Wie so was um sich haut, wollten Sie sagen, hä? Na schadt nischt! Uebrigens, Alterchen, Ihr Schulland, alle Achtung! ... Als ich vorhin da vorbeifuhr, sagt' ich schon zu meiner Frau: Du, das können wir nicht besser ... das Grünfutter und das Gemüse ...

Wiedemann.

Ah, da hätten Sie mal meinen Raps sehen sollen!

Röcknitz.

Und so was is nu Schulmeister! So was schwingt nu den Bakel.

Wiedemann (lächelnd).

Oder manchmal gar den Violinbogen.

Röcknitz.

Und wie das hier auf dem Hof aussieht ... Die Wagen und der Misthaufen ... wie in der Putzstube ... Mann, warum haben Sie Ihre Gaben nicht schon früher gezeigt? ... Mein Vater hätt' Sie ja nie aus dem Haus gelassen ... In Watte hätten wir Sie gewickelt — wahrhaftig!

Wiedemann.

Ich hab' Ihnen ja schon früher gesagt, lieber Röcknitz, daß das meiste von dem allen das Werk meiner Frau ist.

Röcknitz.

Ja, nun gar Ihre Frau! Nun gar Ihre Frau! Sehn Sie mal, ich kenn' doch die Weiber! ... Und Ihre Frau kenn' ich auch! Von den Freundinnen meiner Frau kenn' ich sie vielleicht am besten ... Und das kann ich Sie versichern, mein Alter, glücklich fühlt die sich hier nicht.

Wiedemann.

Röcknitz, Sie glauben das? ... Sie glauben das
auch ...?

Röcknitz.

Ja, wissen Sie, das liegt wohl auf der Hand.

Wiedemann (sich umschauend, leiser).

Sie hat sich zwar nie beklagt, sie geht ihren Weg
ruhig und anscheinend heiter ... Es sieht aus wie
Glück ... Und ich möchte ja alles thun ... Ich möcht'
ihr die Hände unter die Füße legen ... Aber wie soll
ich das hier ändern?

Röcknitz.

Warten Sie mal ... Lassen Sie mich mal ... Sein
Sie ganz ruhig ... Sie sind ein tüchtiger Mensch ...
waren Sie immer ... Bißchen schwer, aber zuverlässig
bis in die Puppen ... Also — da will man mich nu
in den Reichstag wählen ... Gott, wissen Sie, warum
nicht? ... Es gibt da so viel Nullen, es läßt sich da immer
noch 'ne Eins vorschieben. Wenn ich nur 'ne blasse
Ahnung hätte, wem ich das alles zu Hause ... Meine
Frau ist zwar ein gutes Tierchen, aber — na Sie wissen,
über seine Weiber soll man nicht schänden ... Also,
wie gesagt, da brauch' ich einen Menschen, auf den ich
mich blindlings verlassen kann — Mann von Genie, —
Mann von Charakter — und da kam mir so der Ge-
danke, ob ich Sie nicht aus dieser Schulmeistermisere los-
eisen könnte.

Wiedemann.

Ich soll dieser Mann von Genie sein?

Röcknitz.

Wir machen das also so: Damit Sie sich selbständig fühlen, übernehmen Sie eins meiner Güter in Pacht oder in Verwaltung — oder wie Sie wollen — und derweilen halten Sie über all dem andern die Augen offen... Wär' doch 'ne Sache, was?

Wiedemann.

Lieber Freund, das ist nun wieder einmal eine von Ihren wilden Ideen.

Röcknitz.

Wieso denn?

Wiedemann.

Ich bin nicht Landwirt — ich bin Schulmeister... Ich habe Philologie studiert und es mit Ach und Krach bis zum Rektor einer dreiklassigen Gemeinde=Mittelschule gebracht. Das ist keine glänzende Position, aber ich bin ein anspruchsloser Mensch und fühle mich glücklich dabei.

Röcknitz.

Und Ihre Frau?

Wiedemann (erschrocken, mutlos).

Ja, meine Frau!

Röcknitz.

Soeben erklären Sie mir noch, Sie würden alles Menschenmögliche thun, um dieses Dasein zu ändern, und nun ich es Ihnen ermöglichen will, da weichen Sie feige zurück. Fürchten Sie nicht, daß sie verkümmern muß in dieser Krämeratmosphäre, wo sie von der Frau Amts=richter und der Frau Doktor noch nicht einmal für voll angesehen wird?... Wenn Sie's nicht wissen, mein Alter,

Ihre Frau hat von der Natur die wundervollste Mischung mitbekommen, die es im menschlichen Charakter geben kann: sie ist gütig und stolz zugleich ... Aber passen Sie mal auf, was aus ihrer Güte noch werden wird, wenn ihr Stolz tagtäglich Nackenschläge kriegt.

Wiedemann.

Ach, wenn Sie wüßten, wie Sie recht haben.

Röcknitz.

Nehmen Sie sich in acht: So eine Chance wird Ihnen nie wieder geboten ... Sie muß aus diesem vermaledeiten Neste raus. Sie muß wieder unter Freunde. Sie muß wieder in die Welt ... Und Sie selbst, mein alter Freund, wie würden Sie aufleben —

Wiedemann.

Mich lassen Sie aus dem Spiel. Von mir ist nicht die Rede. Aber ich will noch heute mit ihr sprechen, ich will — —

Röcknitz.

Nein, nein, sprechen lassen Sie mich mit ihr.

Wiedemann.

Warum Sie?

Röcknitz.

Ich kenn' doch Ihre Frau! Wenn sie die leiseste Idee davon kriegt, daß etwas auf Erden ihr zur Liebe geschieht —

Wiedemann.

Ja freilich, dann würde sie nein sagen, und wenn sie daran zu Schanden ginge.

Röcknitz.

Na also ... die Vorbereitung übernehmen können
Sie, aber den Hauptschlag führe ich. Abgemacht?

Wiedemann.

Und noch eins, Röcknitz. Auf Treu' und Gewissen!
Ist das Ganze am Ende vielleicht nichts weiter wie ein
Freundschaftsdienst?

Röcknitz.

Ne, Freundchen! Darüber seien Sie ruhig. Ich
bin ein schlanker Egoist ... Wenn ich Sie nicht nötig
hätte, ließ' ich Sie ruhig in Ihrem Winkel sitzen.

Wiedemann (sich umsehend).

Mein Winkel! Mein lieber Winkel! Er ist mir so
lieb geworden durch sie. Er ist mir wie geweiht durch sie.

Röcknitz (achselzuckend).

Na, dann bleiben Sie doch drin.

Wiedemann (haftig).

Nein, nein, nein! Es muß sein! Sie haben recht.
(Seine Hände ergreifend.) Ich dank' Ihnen! Ich dank' Ihnen!
Ich will so —

Röcknitz.

Still! Ist sie das nicht? (Die Glasthür zur Veranda
wird geöffnet.)

Wiedemann.

Ich gehe . Ich bin zu erregt. Sie würde mich
sofort — (Wendet sich nach hinten.)

Röcknitz.

Wiedemann, das ist unklug.

Wiedemann (ab).

12. Scene.

v. Röcknitz. Elisabeth. Helene (an der Hand führend).

Elisabeth.

Wohin ging mein Mann?

Röcknitz.

Er hat eine Besorgung in der Wirtschaft. Er ist gleich wieder da.

Elisabeth.

Bettina schläft. Sie war sehr ermüdet von der Wagenfahrt.

Röcknitz.

Na, Gott sei gelobt! Wenn Bettina nicht schläft, ist ihr nicht wohl.

Elisabeth.

So, Lenchen, jetzt geh und sag: Verzeih, Onkel Röcknitz, daß ich davonlief.

Helene (tonlos).

Verzeih, Onkel Röcknitz, daß ich davonlief.

Röcknitz.

Schadt nichts, Mädelchen, schadt nichts!

Helene (macht eilends Kehrt und läuft davon).

Röcknitz.

Merkwürdiges Kind geworden.

Elisabeth (ruft ihr nach).

Lenchen!

Röcknitz.

Elifabeth! (Sie wendet sich um.) Keinen Gruß?

Elisabeth
(sieht ihn voll mit einem Blicke weichen Vorwurfs an, dann wendet
sie sich zum Gehen).

Röcknitz (in Leidenschaft).

Elisabeth!

(Der Vorhang fällt.)

—

Zweiter Akt.

Wohn- und Arbeitszimmer des Rektors.

Im Hintergrunde links Thür zu einem Eßzimmer, rechts Glasthür zur Veranda, dazwischen ein Glasschrank. — Auf der linken Seite Thür zu Wirtschaftsräumen; weiter vorn ein Sofa mit Tisch und Sesseln davor. Auf der rechten Seite ein Fenster, daneben Bücherrepositorien mit Gipsbüsten Schillers und Goethes. An den Wänden Bild Bismarcks, Käfer- und Schmetterlingssammlungen, Geige mit Bogen, Modelle von Bienenkörben, Regulator ec. ec. — Schreibtisch und im rechten Winkel dazu ein zusammengeklappter Spieltisch mit Büchern und Heften darauf. Davor ein Lehnstuhl. — Kleinbürgerliche Ausstattung, die mit beschränkten Mitteln den Eindruck höherer geistiger Bildung hervorrufen möchte.

1. Scene.

Elisabeth und Helene (mit Aushülsen von Schoten beschäftigt, Leinenschürzen vorgebunden, kleine Schüsseln vor sich). Bettina (zuschauend).

Bettina.

Willst du mir nicht auch so eine Schürze und 'nen Teller geben, Lisbeth? Ich möcht' nicht gern zugucken, wenn du arbeitst.

Elisabeth.

Laß nur, liebes Herz, du bist es nicht gewohnt.

Bettina.

Du warst es auch nicht gewohnt.

Elisabeth.

Ach, ich!

Bettina.

Freilich, du hast müssen.

Helene.

Nein, Tante Bettina, sie hat nicht müssen... Nicht wahr, Mama, nein? Denn siehst du, Rosa und ich, wir hätten schon alles gemacht ... Ich bin gar nicht so hilflos, wie man wohl glaubt. Ich kann grobe Wäsche näh'n, plätten kann ich auch — Gänse und Enten füttern auch —

Bettina.

Gewiß Lenchen, gewiß.

Helene.

Ich glaub', aufs Feld hinaus könnt' ich sogar kutschieren.

Elisabeth.

Nun, das möchten wir wohl lieber bleiben lassen, Lenchen.

Helene.

Wir haben ja auch keinen Spazierwagen.

Bettina.

Möchtest wohl gern einen?

Helene.

Nicht für mich, Tante Bettina; nur für Mama.

Bettina.

Das ist wahr, Elisabeth; — — dich mit den Leinen in der Hand, das war —

Elisabeth (legt den Finger an die Lippen).

Bettina.

Ja, was ich sagen wollte, möchtest du mir Lenchen nicht nachher mitgeben bei meinen Visiten?

Helene.

Mich?

Bettina.

Die Landrätin sprach schon neulich den Wunsch aus, ich möchte sie ihr doch einmal mitbringen.

Elisabeth.

Die Landrätin kennt mich doch . . . Warum hat sie den Wunsch mir gegenüber nie laut werden lassen?

Bettina (verlegen).

Ihr habt ja nicht Visite gemacht.

Elisabeth.

Bei Landrats? Das wäre wohl eine Vermessenheit gewesen.

Bettina.

Gib sie mir nur immerhin mit. Wer weiß, wozu es gut ist?

Elisabeth.

Das ist freilich wahr. Zieh dich an, Lenchen.

Helene.

Muß ich, Mamachen?

Elisabeth.

Ja, mein Kind. Papa wird's dir danken.

Helene.

Ja — dann! (Ab.)

2. Scene.

Elisabeth. Bettina.

Bettina.

Arme Lisbeth!

Elisabeth.

Warum arme Lisbeth?... Alle Welt bedauert mich! Alle Welt thut so, als habe sie mir Wunder was für ein Unrecht abzubitten. Ich habe mir mein Schicksal ja selbst gewählt ... Und ich verlange nichts Besseres ... Ich bin ja ganz glücklich so.

Bettina.

Das sagt man wohl.

Elisabeth.

Mein Gott, opfern muß man mancherlei. Unsere Jugendträume sind ja auch gar nicht dazu da, um erfüllt zu werden ... Wer darf von sich sagen: Ich hab' ein Recht aufs Glück? Wenn man sich nur so mit den Forderungen des Alltags abgefunden hat, dann ist — schon — viel — (Lauscht.)

Bettina.

Was haſt du?

Eliſabeth.

Nichts. — Mir war, als hört' ich deinen Mann.

Bettina.

O den werden wir heut nicht viel zu Geſicht bekommen ... Erſt die Pferde — dann die Weiber ...
Und nun gar ſo ein eigenes!

Eliſabeth.

Siehſt du — wie entſagungsvoll das klingt — auch
bei dir — — Da haſt du nun den Vielbegehrten! —
— Und ich wette, wenn man dich aufs Gewiſſen fragen
wollte — —

Bettina.

Ach, ich! Ich komme doch nicht in Betracht ... Mein
Gott, ich ſchlaf' doch bloß.

Elisabeth (erschrocken).

Was heißt das, Kind?

Bettina.

Du haſt's ja gehört: „Wenn ſie nicht ſchläft, iſt
ihr nicht wohl; — wenn ſie nicht ſchläft, iſt ſie
nicht glücklich." — — Das geht ſo hundertmal — Tag
für Tag.

Elisabeth.

Er meint's doch nicht ſo, Bettina! Er muß doch
immer etwas zu necken haben, das wiſſen wir ja.

Bettina.

Es ist ja wahr: necken muß er jeden ... Aber das ist doch was andres ... Gegen mich, da sitzt immer ein Gift drin ... Ach, man gewöhnt sich dran. — — Und es thut dann kaum mehr weh ... Wenn das Gefühl nur nicht wär': Du warst nicht die Richtige für ihn ... Nein, ich bin ihm ja nicht gewachsen — an Energie nicht — und an Geist nicht ... Weißt du, wer die Rechte für ihn gewesen wär'?

Elisabeth.

Nun? —

Bettina.

Du!

Elisabeth (erschrocken).

Was sind das für Scherze, Bettina?!

Bettina (lachend).

Jetzt kann ich's ja sagen: Damals, als du bei uns im Hause warst und ihr beide stundenlang diskutiertet über alles mögliche und heiße Köpfe bekamt, da dacht' ich oft bei mir: Wie lange wird's wohl noch dauern, dann wird's heißen: Bettina, pascholl!

Elisabeth.

Was? Du hast mich in deinem Hause geduldet und dabei den Gedanken still mit dir rumgetragen: ich hätte dich draus verdrängen wollen?

Bettina.

Nicht wollen — nein, nein — aber es wär' von selber so gekommen ... ich glaub', ich hätt' dir noch nicht mal böse sein können ... Denn damals hatt' ich mein Kind

noch nicht . . . Und mein Vermögen war sichergestellt . . .
Und von allen auf der Welt gönnt' ich ihn dir am
liebsten.

Elisabeth.

Weißt du, Bettina, daß du mich quälst?

Bettina.

Nicht bös' sein, Lieselchen. Ich will dir ja nur mein
Herz ausschütten . . . Siehst du, er hat sie ja alle . . .
Ob er mit ihnen spielt, oder sie mit ihm, für mich ist
es das Gleiche! . . . Ich bin es schon gewohnt . . . Wenn
sie dann so in die Ecken hineinträumen — wie du jetzt
machst —

Elisabeth (erschrocken).

Was mach' ich?

Bettina (lachend).

Und besonders, wenn sie dann so auffahren, wie du
jetzt eben —

Elisabeth.

Willst du damit sagen — —?

Bettina.

Aber Lieselchen — pfui! Siehst du, ich trau' sonst
keiner übern Weg . . . Nur deiner war ich immer ganz
sicher. Ah, eher hätt' die Sonn' vom Himmel fallen
können — — Ich weiß, du hättst vor mich hintreten
und mir sagen können: Ich lieb' ihn, und ich bin stärker
als du — gib mir deinen Platz . . . Ja, das hättst du
thun können.

Elisabeth.

Glaubst du?

Bettina.

Aber mich hintergehn — in meinem eignen Haus — — Pfui, nein, du nicht!

Elisabeth (sie umarmend).

Da hast du recht, Bettina! Weiß Gott, da hast du recht!

Bettina.

Siehst du, und so leb' ich nun neben ihm her! . . . O glaub mir, ich hab' ihn so geliebt, wie nur eine lieben kann. Ich hätt' mein Letztes für ihn opfern können — aber er hat mir zu oft gesagt: „Geh — schlaf — schlaf — —" Und da ist denn ein Gefühl nach dem andern wirklich eingeschlafen . . . Manchmal trau' ich mir nicht einmal recht, ob ich mein Kind noch lieb'.

Elisabeth.

Bettina, das ist unendlich traurig, was du da sagst.

Bettina.

Warum traurig? Mir macht's keinen Kummer mehr . . . Man altert so hin . . . Aber für ihn thut's mir leid — — Er hätte so manche Freude in seinem Hause haben können, wenn er sich ein bißchen Mühe gegeben hätt', mit mir zufrieden zu sein . . . Nun muß er all den fremden Weibern nachlaufen, die doch entweder seiner nicht wert sind, oder wenn — dann unglücklich werden durch ihn — — Und das so stumm mit anzusehn —

Elisabeth.

Hör auf!

Bettina.

Was ist denn?

Elisabeth.

Das war er wirklich. (Pause.) (Es klopft.) Herein!

3. Scene.

Die Vorigen. Röcknitz.

Röcknitz.

Guten Morgen, edle Frauen! — — Na, bißchen geklatscht über mich? — — Seht ja so verlegen aus — — Morgen, Frau Elisabeth!

Elisabeth (ihm die Hand reichend).

Wir haben Sie heut in der Frühe ohne etwas Warmes fortgehn lassen, lieber Röcknitz. Verzeihen Sie!

Röcknitz.

Aber Teuerste, die Uhr war ja halb fünfe! Ich schlich mich auf Socken die Treppen runter wie ein glück-licher Liebhaber ... Uebrigens führ' ich für solche Fälle immer eine Cognacbuddel bei mir.

Elisabeth.

Aber ist Ihnen jetzt vielleicht —?

Röcknitz.

Danke, Herzenskind, danke, danke! ... Ich habe heute mit vier Pferdejuden zusammen gefrühstückt — — Es war feudal, das kann ich Sie versichern — — Na,

dafür hab' ich die Kerle auch ringelegt — potz Deibel!
— — Du, für den schiefen Braunen hab' ich noch
200 Thaler gekriegt — — so einen talentvollen Ehe=
gatten hast du! . . . Ja, ja, Frau Elisabeth — — Pferde=
handel, da is der Mann noch was wert — — Ganz
das Gegenteil von der Liebe — — da is er jar nischt
wert.

Bettina.

Das stimmt.

Röcknitz (lachend).

Nu ja! Bei solchen Gelegenheiten wachst auch du
sogar noch mal auf . . . Donnerwetter, was wollt' ich
doch? . . . Ja richtig, die Atteste. Du, hast du die Tasche
mit den Pferdeattesten nicht gesehn? — — Sie lag doch
vorm Spiegel — — —

Bettina.

Wenn du es wünschest, werd' ich suchen. (Will aufstehen.)

Röcknitz (mit einem Blick auf Elisabeth).

Ach ja, sei so gut!

Elisabeth (aufspringend).

O laß mich, Bettina!

Röcknitz.

Aber ich bitte!

Elisabeth.

O nein, nein, nein! (Rasch ab.)

4. Scene.

Röcknitz. Bettina.

Röcknitz.

Es scheint ja beinah, als ob sie — — — — (Geht eine Weile pfeifend herum.) Na, ist sie schön?

Bettina (lächelnd).

Ob sie schön ist!

Röcknitz.

Sie hat so etwas Verhaltenes in ihrem Wesen jetzt — — — — Manchmal glaubt man, man hat 'ne Madonna, und manchmal steckt so etwas wie Bacchantin dahinter. Nicht wahr — was?

Bettina.

Bacchantin? — Wieso?

Röcknitz.

Na, denn nich! — — — Hat sie dir etwas von einer bevorstehenden Veränderung ihres Lebens erzählt?

Bettina.

Veränderung?

Röcknitz.

Na, dann frag sie auch nicht, verstehst du? — — du!

Bettina.

Was, Alfred?

Röcknitz.

Nichts, nichts, nichts, nichts — — — — Ja, gehst
du hernach aus?

Bettina.

Ja, ich will Visiten machen.

Röcknitz.

Richtig! Das thu. Das is recht. — — — Soll
ich dir den Wagen schicken? —

Bettina.

Ach nein, das Endchen geh' ich schon!

Röcknitz.

Du bist ja so kurz angebunden — — — Bist eifer=
süchtig?

Bettina.

Ich? Auf wen?

Röcknitz (blinzelnd und mit dem Finger drohend).
Na!

Bettina.

Schäm dich, Alfred!

Röcknitz.

Gut, schäm' ich mich! — — — Apropos, unserem
verflossenen Johann bin ich begegnet.

Bettina (freudig).

Dem alten Johann? Wie geht's ihm? Ach Gott!

Röcknitz.

Vorzüglich, — ausgezeichnet — ganz brillant! —
— — hatte 'ne Schnapsnase und bettelte.

Bettina.

Bettelte — und das sagst du so?!

Röcknitz.

Gott, Kind, is ja schon alles gemacht! Uebermorgen
zieht er nach Wißlingen — — da gewöhn' ich ihm erst
das Saufen ab, und dann kannst du ihn zu Dode futtern.

Bettina (sich die Augen wischend).

Verzeih, Alfred, ach, du bist so gut.

5. Scene.

Die Vorigen. Elisabeth.

Elisabeth (eine Brieftasche in der Hand).

Nicht wahr, das ist sie?

Röcknitz.

Teuerste Freundin, mein Gemüt ringt nach würdigen
Dankesworten — find't se aber nich.

Elisabeth.

Du weinst, Bettina? (Tadelnd.) Röcknitz!

Bettina (rasch).

Nicht doch, Lieselchen.

Röcknitz.

Sie is blos 'n bißchen gerührt, weil ich so edel bin — — das ist nämlich meine Spezialität! Empfehle mich für vorkommende Fälle als Wohlthäter, Menschenfreund, Mann der rettenden Thaten, alles, was Sie wollen — bloß Geld darf's nischt kosten.

Bettina.

Glaub ihm nicht! Glaub ihm nicht!

Röcknitz (zählt die Atteste).

Eins, zwei, drei, vier! — Nummer vier — das ist 'n Racker . . . Wenn ich den doch schon, — ach! . . . Der hat nämlich das heimliche Hinken! Kennen Sie das? — — Haben wir auch! — Wenn unser Temperament zu schleppen anfängt — wenn sich kein Gefühl mehr recht raus wagt — wenn sich — (mit Betonung) kennen Sie das heimliche Hinken?

Elisabeth.

Lieber Röcknitz, Ihre Weltanschauung ist wirklich all= zusehr dem Pferdemarkt entliehen, als daß wir ihr folgen könnten.

Röcknitz.

Wollen Sie mich ärgern?

Elisabeth (schüttelt mit ernstem Lächeln den Kopf).

Röcknitz.

Meine teure Gnädige, ich sehe daraus, Sie wissen genau, welchen Freund Sie an mir haben — — — Ich danke Ihnen . . . Wann machst du deine Besuche?

Bettina.

So gegen elf denk' ich — könnt' ich schon — —

Röcknitz.

Gut! — — Auf Wiedersehn, teuerste Frau!

Elisabeth.

Wir essen um halb eins, lieber Röcknitz.

Röcknitz (streng höflich).

Sie werden mich schon früher auf dem Platze fin=
den! (Mit Verbeugung zur Thür. In den früheren Ton zurück=
fallend.) Guten Morgen, edle Frauen! (Ab.)

6. Scene.

Bettina. Elisabeth.

Bettina.

Das war wirklich nicht recht von dir, Elisabeth!

Elisabeth.

Ja, verzeih, verzeih! Ihr seid meine Gäste
verzeih.

Bettina.

Es ist nicht darum — wahrhaftig nicht! — — —
Aber wenn du wüßtest, wie viel — er an dich denkt und
wie er —

Elisabeth.

Laß — ich fleh' dich an — laß.

Bettina.

Gut — wie du willst. Ja, was ich dich fragen
wollte. Was ist denn eigentlich vorgefallen? — Ich werb's
nicht weiter sagen — Habt ihr — eine andere Stelle
in Aussicht — oder will dein Mann gar —?

Elisabeth.

Mein Mann – was?

Bettina.

Ich dachte, du wüßtest es. Ich soll nämlich nicht
davon reden. Bitte, bitte, frag auch nicht.

Elisabeth.

Ja, was geht denn hier vor? Hinter meinem Rücken
geschehen Dinge, die ich —

Bettina.

Vielleicht will man dich überraschen.

Elisabeth.

Ich bin kein Kind. Ich brauche keine Ueberraschungen.

Bettina.

Hat dein Mann dir denn nichts —

Elisabeth.

Nichts — nicht eine —   — Ja, heute morgen
ließ er ein paar Andeutungen fallen, daß, — wenn sich
etwas Besseres böte, etwas — — — das soll wohl die
Vorbereitung gewesen sein — — — Verzeih, Bettina,

was interessiert dich das schließlich!? — — — Ich bin
ganz — — — (Die Hände vors Gesicht schlagend.) Ah, meinen
Frieden will ich haben! Meinen Frieden will ich haben!

7. Scene.

Die Vorigen. Helene. (Hinter ihr in der Thür) Rosa (mit
einer Tablette.

Helene.

Es wird gleich läuten, Mamachen. Kann Rosa das
Frühstück reinbringen?

Elisabeth.

Rosa kann das Frühstück reinbringen.

Helene (zu ihr eilend).

Mamachen, Mamachen!

Elisabeth.

Was denn?

Helene.

Soll ich nicht lieber bei dir bleiben?

Elisabeth (aufstehend).

Geh in Gottes Namen, mein Liebling! (Es läutet.
Man hört von der nächsten Sekunde an das Summen der Kinder-
stimmen, das während der folgenden Scenen bis zum nochmaligen
Läuten anhält.)

Elisabeth

(an den Tisch tretend, auf welchem Rosa die Tablette mit Brot,
Butter, Schinken und einer Kanne frischer Milch niedergesetzt hat).

Möchtst du nicht einen Bissen essen, Bettina?

Bettina.

Nein, danke, — nur ein Glas recht kalte Milch bitt'
ich mir aus.

Helene
(am Fenster lauschend, das Gesicht zum Zuschauerraum gewandt).

Hör bloß, Tante Bettina, wie die Jungens wieder
toben. Die Mädchen benehmen sich doch immer viel an=
ständiger. Da ist ein gewisser Jerschke, der prügelt alle
— — — der kommt aber Michaeli aufs Gymnasium,
dann wird's ganz still werden. (Freudig aufschreckend.) Ah,
da ist auch Herr Dangel — — — Tante Bettina, hörst
du Herrn Dangel?

Bettina.

Nein, mein Kind.

Helene.

Mama, aber du hörst doch Herrn Dangel?

Elisabeth.

Lenchen, unsere Ohren sind nicht so scharf.

Helene.

Ist das merkwürdig!

8. Scene.

Die Vorigen. Emil und Fritz (hereinstürmend).

Emil (mit Bückling).

Guten Morgen.

Fritz (gleichfalls).

Guten Morgen.

Bettina (nickt ihnen zu).

Emil.

Bitte Frühstück.

Fritz.

Ach ja, bitte Frühstück — recht fix.

Elisabeth.

Geht mal erst, küßt Tante Bettina die Hand und
fragt, wie sie bei uns geschlafen hat.

Emil (Bettina die Hand küssend).

Tante Bettina, wie hast du bei uns geschlafen?

Bettina (ihm den Kopf streichelnd).

Schönen Dank, mein Junge.

Emil (mit scharfer Wendung).

Bitte Frühstück!

Fritz.

Tante Bettina, wie —

Bettina (lachend).

Danke, danke, danke! Ich habe gut geschlafen.

Fritz.

Mama, bitte, mach bloß rasch! Wir müssen noch den
Jerschke verhauen. Der ist zu frech.

Helene.

Den zwingt ihr ja nicht.

Fritz.

Hähä.

Emil (gleichzeitig).

Zwingen wir wohl.

Helene.

Der hört bloß auf Herrn Dangel.

Emil.

Du ewig mit deinem geliebten Herrn Dangel.

Elisabeth (mit dem Finger drohend).

Ei Jungens!

9. Scene.

Elisabeth, Bettina, Helene, Wiedemann. (Fritz und Emil schlüpfen mit ihren Butterbröten geräuschlos an ihm vorbei.)

Wiedemann.

Schönen guten Morgen! (Bettina die Hand reichend.) Nun, was sagen Sie, liebe gnädige Frau, zu dem Lärm?

Bettina.

Er führt mich höchst angenehm in meine Schulzeit zurück, bester Herr Rektor.

Wiedemann.

Nicht wahr, es ist ein lieber Skandal? Ich möchte ihn um alles in der Welt — (mit einem Blick auf Elisabeth sich eifrig verbessernd) das heißt, wenn man eben nicht für Höheres Sinn hat — — — — (Da der Lärm draußen plötzlich stärker wird.) Ah, das ist aber doch nicht erlaubt. Was haben sie denn heut?

Helene.

Sie verhauen den Jerschke, Papa.

Wiedemann.

Und wo steckt denn der Dangel?

Helene (sehr eifrig).

Aber Herr Dangel muß doch auch mal eine Sekunde Erholung haben, Papa. Das kannst du gar nicht von ihm verlangen, daß er —

Wiedemann (hinausrufend).

Ruhe da draußen.

(Der Lärm verringert sich plötzlich und hält als leises Summen bis zum Läuten der Schulglocke an, dann verstärkt er sich ein wenig und hört gleich hinterher gänzlich auf.)

Bettina (leise).

Willst du jetzt mit ihm sprechen?

Elisabeth (nickt).

Bettina.

Lenchen, komm, wir machen uns fertig.

Helene.

Denk dir, Papa, Tante Bettina nimmt mich zu Landrats mit.

Wiedemann (erschrocken, bedenklich).

Ah, ah, liebe gnädige Frau, ist das nicht am Ende —

Bettina.

Lassen Sie mich ruhig die Verantwortung tragen. Auf Wiedersehen, lieber Rektor.

Wiedemann.

Auf Wiedersehn, gnädige Frau.

(Bettina und Helene ab.)

10. Scene.

Wiedemann. Elisabeth.

Wiedemann.

'N ja — — — — Hast du an Kreisschulinspektors geschrieben, Elisabeth, wegen heut abend?

Elisabeth.

Jawohl — — — — sie kommen.

Wiedemann.

Was wirst du geben?

Elisabeth.

Es ist eine Kalbskeule da und junge Erbsen. Auch hab' ich die Pfirsiche heut nicht zum Verkauf geschickt.

Wiedemann.

Das ist recht, das ist recht. Wie meinst du, als Nachtisch oder zur Bowle? — Nun, das überlegen wir

noch. Mosel ist ja auch da. — — — Hat sich Röcknitz
schon sehn lassen?

Elisabeth.

Er war da — ging aber gleich wieder weg.

Wiedemann.

So! Hm! — — — Wie macht sich's denn auf
dem Markt?

Elisabeth.

Ich glaube gut.

Wiedemann.

Ja so'n Landwirt! — (Will gehen.) Na!

Elisabeth.

Hast du noch einen Augenblick Zeit für mich?

Wiedemann.

Es wird bloß bald läuten, Elisabeth!

Elisabeth.

Gleichviel. — Georg — rund heraus, was verheim=
lichst du mir?

Wiedemann (verwirrt).

Erlaub mal, Elisabeth, wie — — — —

Elisabeth.

Georg, sieh, das bin ich nicht wert! Wir haben
uns doch zusammengethan, um alles zu teilen — — —

Du hast mich in Freud und Leid -- hast du mich immer
an deiner Seite gefunden! — — — Georg!

Wiedemann.

Verzeih mir, Elisabeth — kränken hab' ich dich nicht
wollen. Es ist das alles so — — — Ich will dir diese
Vorgänge erklären — ja. Siehst du, daß ich mit meinem
Lose hier unzufrieden bin, das hast du mir doch schon
lange angemerkt.

Elisabeth.

Bis heute früh — nein.

Wiedemann.

Aber besinne dich doch! Wie oft hab' ich gesagt:
Mein Leben ist verpfuscht — mein — mein -

Elisabeth.

Ja, daß du die Gymnasialexamina nicht gemacht hast,
das ist doch nicht mehr zu ändern.

Wiedemann.

Siehst du, und das wirfst du mir jetzt vor.

Elisabeth.

Es haben's dir so viele vorgeworfen. Es wäre grau-
sam, thät' ich's auch.

Wiedemann.

Und wenn du es vor mir auch verbirgst - aus
Taktgefühl, aus Mitleid — was weiß ich! — Vor dir
selbst wirst du mit der Verachtung nicht sparen —

kann ja auch gar nicht anders sein . . . Denn so eine
Existenz! Abhängig von jedem Hansnarren! — — —
Ich bin immer für Ungebundenheit gewesen — — —
Aber so!

Elisabeth.

Bedenk doch, Georg — an jeder andern Stelle
würdest du doch ebenso abhängig sein — selbst an einem
Gymnasium. Und da sogar noch mehr . . . Das bringt
dein Beruf nun einmal mit sich.

Wiedemann.

Schon ein sauberer Beruf — — — Arsenikgraben
— das wär' einem lieber — wahrhaftig!

Elisabeth.

Georg, hast du mir nicht oft gesagt, wie glücklich du
in unserm Winkel bist?

Wiedemann (betroffen).

In — unserm — Winkel . . . ja, ja — ja wohl
— das sagt man wohl so . . . Aber das genügt nicht
— — — der Mann muß hinaus — die Aufgaben wachsen.
— (draußen läutet die Schulglocke, — er will hinaus.) Nun, davon reden wir noch!

Elisabeth.

Georg, willst du mich so allein lassen?

Wiedemann.

Aber Herzenskind, Liebste, Beste, ich hab' dir doch
gesagt, es wird gleich läuten, und übrigens von der

Lateinstunde kann ich keine Minute abzwacken. Das wäre geradezu ein Verbrechen.

Elisabeth.

Das sieht nun freilich nicht gerade danach aus, als ob du deines Berufes überdrüssig wärst.

Wiedemann (schweigt bestürzt).

Gut, laß sie warten — — — Glaub mir, das täuscht, Elisabeth! — — — Wer in der Tretmühle steckt, muß treten, das ist nicht anders. — — Es soll ja auch alles nur zu unserm Besten sein — — Denk mal, bei unserer Begabung für die Landwirtschaft — — denk mal, ich den ersten Preis als Bienenzüchter — — — Und du — ach — was gäbst du für eine Gutsherrin — — Das muß ich noch einmal sehn, eh ich sterbe. Und nun nimm mal an, es böte sich uns ein Wirkungskreis — als Verwalter oder als Kurator, oder — —, wo wir unbehindert durch Schnüffler und Spürnasen — ich brauche nur deinen Ausdruck, Elisabeth, — arbeitsam und glücklich — glücklicher noch als hier —

Elisabeth.

Glücklicher noch als hier, sagst du — vergiß das nicht!

Wiedemann.

Nun ja - viel glücklicher - unvergleichlich glücklicher -- wo wir geachtet und geehrt wären, wo wir pflügen, säen, ernten könnten nach unserem Belieben —

Elifabeth.

Pflügft, fä'ft und ernteft du hier nicht auch?

Wiedemann.

Ach, das bißchen! Die paar lumpigen Morgen —

Elifabeth.

Ich meine in Menschenherzen, Georg, und ich brauche auch nur deinen eigenen Ausdruck.

Wiedemann
(finkt betroffen in einen Stuhl — nach einem Schweigen).

Ach, mit dir ist wirklich nicht zu disfutieren. Du bist zu hartnäckig, Elifabeth! Da muß schon einer kommen, der mächtiger ist als ich! — — Wart man, Röcknitz, der wird dir die Sache schon klar machen.

Elifabeth (zusammenzuckend — halb vor sich hin).

Also doch Röcknitz.

Wiedemann.

Ja wohl, Röcknitz! — — Siehst du, das ist ein Mann! Der weiß uns besser zu taxieren, als wir selber. — Und nun verzeih', wenn ich — (Will gehen.)

Elifabeth (ihm nachgehend, angstvoll).

Noch ein Wort. — Soll der Wirkungskreis —, den du meinst, uns etwa durch seine Fürsprache geboten werden?

Wiedemann.

Nein, mein liebes Kind! Dabei läßt's der Mann nicht bewenden — — den hab' ich zu was Ganzem erzogen, was ich armes Luder nie hab' werden dürfen —

— Wenn der zu der Meinung kommt, wir seien eine wertvolle Acquisition, dann wartet er nicht, bis uns ein anderer wegschnappt.

Elisabeth (jäh erschreckend).

Ah!

Wiedemann.

Na, du weißt deine Freude aber nicht schlecht zu ver-stecken — — Und ich dachte gerade — — Sag doch ein Wort, Elisabeth, freust du dich denn gar nicht?

Elisabeth (die in einen Stuhl gesunken ist).

Geh jetzt, bitte, Georg — — später! — — Geh jetzt!

Wiedemann.

Es geschieht ja nicht für dich, Elisabeth, - — um Gotteswillen, nein! (Bittend.) Aber sag: Freust du dich gar nicht? (Sie antwortet nicht; — er geht kopfschüttelnd ab.)

11. Scene.

Elisabeth. Rosa.

Elisabeth

(geht in großer Erregung umher, zwingt sich dann wieder zur Ruhe und ruft zur Thür hinaus).

Rosa!

Rosa.

Was befehlen Sie, Frau Rektor?

Elisabeth.

Wenn der Herr Baron früher als — — — nein, nein, sagen Sie nichts — — ich bin nicht wohl — — — ich werde — — —

Rosa.

Ich glaub', Frau Rektor, der Herr Baron kommt da schon!

Elisabeth (nach kurzem Kampfe sich hoch aufrichtend).
Gut! (Rosa ab.)

12. Scene.

Elisabeth. v. Röcknitz.

Röcknitz (den Kopf durch die Thür steckend).
Darf ich eintreten, teuerste Frau?

Elisabeth.
Ich bitte.

Röcknitz (sich umschauend).
Sind Sie allein?

Elisabeth.
Ich bin ganz allein.

Röcknitz.
Ah — Sie haben mich wohl erwartet?

Elisabeth.
Jawohl, — ich habe Sie erwartet.

Röcknitz.
Gucken Sie mal an! — — — Auf so gute Behandlung war ich ja gar nicht vorbereitet. Denn wie Sie seit gestern mit mir umspringen — Donnerwetter!

Elisabeth.

Wenn ich vorhin als Hausfrau nicht höflich genug gegen Sie war, so verzeihen Sie mir.

Röcknitz.

Aber, Elisabeth, ich bitte Sie, zwischen uns beiden!

Elisabeth.

Warum zwischen uns beiden? Zwischen uns beiden, lieber Röcknitz — oder besser, zwischen Ihnen und mir — besteht nichts Gemeinsames — ich bitte Sie, das freund= lichst in Betracht zu ziehn.

Röcknitz.

Gott sei's geklagt! — — Das weiß ich am besten.

Elisabeth.

Und hat nie etwas Gemeinsames bestanden.

Röcknitz.

So? Hand aufs Herz?

Elisabeth.

Ich bin Bettinas Jugendfreundin. Ich bin zwei Jahre lang der Gast Ihres Hauses gewesen und habe mich als solcher nach Kräften nützlich gemacht . . . Das rechtfertigt wohl eine gewisse heitere Vertraulichkeit des Umgangs —

Röcknitz.

Ein ernsteres Einverständnis aber nicht?

Elisabeth.

Nein.

Röcknitz.

Sehr gütig. Wirklich außerordentlich gütig. — — Sagen Sie mal, thun Sie bloß so oder sind Sie wirklich so kurz von Gedächtnis, daß unter drei Jahren Ehejoch all das Nette und Stillverschwiegene, was zwischen uns in der Luft geschwebt hat, kurz und klein geschlagen worden ist?

Elisabeth.

Lieber Röcknitz, ich könnte Ihnen sagen: Das geht uns nichts mehr an — aber ich mag mich nicht hinter Winkelzügen verkriechen. — — Und da Sie das nun einmal berührt haben, was besser für alle Zeit unausgesprochen geblieben wäre, so frag' ich Aug' in Auge: Was wollten Sie von mir? — Ich stand ganz mutterseelenallein, ich besaß niemanden zum Schutze auf der Welt als Sie — — — Sie hätten so schön Ihre Hand über mich breiten können: Warum wollten Sie mich zu Ihrer Dirne machen?

Röcknitz.

Elisabeth!

Elisabeth.

Es gab ja Weiber genug! Warum mich armes Ding? — — — Sie wissen, ich nehme das Leben nicht leicht — — Ich bin so eine Pflichtennatur, mit der herumzutändeln nichts wie Elend zuwege bringt... Warum ließen Sie mir nicht mein bißchen Frieden?

Röcknitz.

Haben Sie mir meinen gelassen?

Elisabeth.

Was that ich Ihnen denn? Können Sie es wagen, mir vorzuwerfen, daß ich je kokett gegen Sie gewesen bin?

Röcknitz.

Nein — alles, was recht ist — das lag Ihnen fern. — — — Elisabeth, sehn Sie mich an, ich bin kein schlechter Kerl! — — — Aber da in mir drin, da hab' ich eine Sorte von Blut, eine ganz niederträchtige, die nicht zu bändigen ist ... Was ich mir alles für Schlachten geschlagen hab' von meinem zwölften — ach, was weiß ich! — ich glaub', schon von der Wiege an, — das ist nicht auszurechnen.... Ich will Weiber — — — ich brauche Weiber — — — ich kann nicht leben ohne Weiber.

Elisabeth.

Und Bettina?!

Röcknitz.

Kommen Sie mir nu gar noch mit Bettina.

Elisabeth.

Sie kennen ja Bettina gar nicht.

Röcknitz.

Nu ja wohl. Lassen wir sie schlafen! — — — — Aber, das können Sie mir glauben: hätte ich Sie — ich meine Sie — mit all den andern je in einem Athem genannt, das wäre — das wäre — ohne Phrase — Heiligtumschändung wär' das gewesen.

Elisabeth.

Das haben Sie wohl jeder sagen müssen?

Röcknitz.

Elisabeth, ich lüge nicht — — — — Ich brauche nicht zu lügen — — — (Mit wilder Energie.) denn was ich will, das setz' ich durch! — — — — Wissen Sie das nicht? — — — Haben Sie noch nie vor meinem Willen Angst gehabt?

Elisabeth (schweigt und wendet sich ab).

Röcknitz.

Sehn Sie, wenn ich Sie damals ziehn ließ in Ihre Ehe hinein — bitte, ich erlaube mir keine Kritik —, so geschah's nicht etwa, weil ich mich geschlagen fühlte, sondern einfach: 'ich wollte nicht! — — — Ich bin zwei Jahre lang, solang Sie unter meinem Dache waren, morgens aufgewacht, bebend in dem Gedanken an Sie, ich hab' mich abends in mein Bett geworfen, bebend in dem Ge= danken an Sie, ich hab' Sie an mich reißen wollen Tag für Tag — — — — Aber ich kannte Sie, ich wußte, es wär' Ihr Tod gewesen — — — — Ein Raubtier, das Mitleid hat — pfui Deibel — — — — — Und nun machen Sie mir Vorwürfe, wenn Sie können — Hähä! (Pause). — — — — Ja, schön war die Zeit trotz alledem! — — — — Gott, war die Zeit schön! — — — — Mit einem Mal eine Gehilfin an der Seite — ein Weib mit Ihren Augen im Kopf! — — — — Das einem die Pläne aus der Seele rausließt, noch eh man sie selber kennt — — — — Elisabeth, wenn wir in den Sommernächten oben auf der Terrasse saßen, ausgestreckt in den Faulenzern — die Köpfe nach den Sternen — und Bettina daneben — die schlief natürlich feste in ihrem

Plaid — Hähä! — — — — War die Zeit schön, Elisabeth?

Elisabeth (träumerisch).

O ja, schön war die Zeit!

Röcknitz.

Na also!

Elisabeth.

Warum haben Sie nicht schweigen können?

Röcknitz.

Schweigen? Ja wohl! — — — Ich hab's hinunter-gewürgt fast die ganzen zwei Jahre. Schließlich war's doch stärker als ich! — — — Und all die Phasen, die man durchzumachen hat, bis man sich entschließt, sein braves Weib zum Teufel zu jagen. Kleinigkeit ist das nicht.

Elisabeth (entsetzt).

Das haben Sie — —?

Röcknitz.

Wie denn? War das etwa Ihr Ernst vorhin, mit dem Wort da, dem greulichen? — Seien Sie ruhig, Elisabeth, Sie sind nicht aus dem Holz gemacht, aus dem man Courtisanen schnitzt.

Elisabeth.

Die Arme, die Arme! Wenn sie das ahnte, was muß sie gelitten haben!

Röcknitz.

Na, es ist ja nun alles gut! Es ist ja mal wieder vorzüglich eingerichtet in der besten aller Welten. Meine

Alte hat einen strammen Jungen — und Sie sind Frau Rektorin! — — — Daß Sie sich in der ersten Rage gleich da haben hineinstürzen müssen — wenn das wenigstens nicht gekommen wär'!

Elisabeth.

Ich muß Sie dran erinnern, Röcknitz, Sie sind in dem Hause meines Mannes.

Röcknitz.

Ich flehe Sie an, Elisabeth, keine Empfindlichkeit. Es hängt wirklich viel von dieser Stunde ab — — - — Für Sie und — für mich auch. — — — Ich nehme an, Ihr Mann hat Ihnen gesagt, um was es sich handelt. (Elisabeth nickt.)

Röcknitz.

Und Sie willigen doch ein?

Elisabeth.

O nein.

Röcknitz (sich mühsam meisternd).

Hm! — — — — — — Darf man wenigstens Ihre Gründe wissen?

Elisabeth.

Es käme eher vielleicht mir zu, Sie nach Ihren Gründen zu fragen. Denn zum Spaß reißt man doch eine Familie, die sich redlich nährt, nicht aus ihrem Erdreich los und gibt sie einer abenteuerlichen Zukunft preis.

Röcknitz.

Ah, Sie verlangen Kautelen!

Elisabeth.

Ich verlange keine Kautelen. Ich verlange in Ruhe gelassen zu sein.

Röcknitz.

Elisabeth, setzen Sie sich mal da hin! So! Sehn Sie, — als Sie uns damals aus heiler Haut die Eröffnung machten, Sie hätten meinem ehemaligen Hauslehrer das Jawort gegeben, da war ich mir nicht einen Augenblick darüber im unklaren, daß wir es hier mit einem Schritt der Verzweiflung zu thun hatten.

Elisabeth.

Jetzt sehn Sie doch wohl, daß Sie sich getäuscht haben.

Röcknitz.

So? — — — — Na! — — — Ich war mir auch sofort klar, daß ich — kein andrer als ich — Sie da hineingeritten hatte. — — — Hätt' es in meiner Macht gestanden, Sie — aber Sie waren ja mal wieder bockbeinig. Meine Briefe schickten Sie mir uneröffnet zurück, und eine Unterredung schlugen Sie aus. Wenn man bedenkt, es ist heute überhaupt das erste Mal wieder, daß wir uns unter vier Augen gegenüberstehn.

Elisabeth.

Es wird wohl auch das letzte sein.

Röcknitz.

Wer weiß? — — — Sehn Sie, ein subtiles Gewissen ist sonst meine Schwäche nicht, aber verdammt will ich sein, wenn ich je aufgehört habe, mich schuldig zu fühlen an der ganzen Geschichte. Tag für Tag hab' ich mir gesagt: An dir ist sie kaput gegangen. — — — — Bitte, lassen Sie mich ausreden. — — — — — Die Kleinbürgerei Ihrer Umgebung, alles, was Ihnen an Demütigung, an Verflauung, an — ach, was weiß ich! — Das Stiefmutterspielen, das ganze Gedrückt= und Gebuckwerden, das nun einmal in der Existenz Ihres Mannes liegt und das Sie wohl oder übel mit ihm teilen müssen, alles das hab' ich mir fortwährend zum Vorwurf gemacht. — — — Und nicht eher hab' ich Ruh gehabt, als bis ich zu dem Entschluß gekommen bin: Gutmachen! — — — Ich will gutmachen. — — — — Sehn Sie, das ist es!

Elisabeth.

Und mit diesem Plane sind Sie gestern in unser Haus gekommen?

Röcknitz.

Plan? — ne! — — — Ich hatte wohl den Wunsch, hier 'n bißchen aufzuräumen, aber ich wußte noch nicht, wie. — — — — Meine Idee kam mir erst, als ich sah, wie brillant ihr hier wirtschaftet. — — — — Was ihr im kleinen thut, das werdet ihr auch im großen thun. — — — Und so gewinnen Sie, und so gewinn' ich. — — — Wenn Sie also die Absicht hatten, mir eine etwaige Erniedrigung Ihres Mannes vorzuhalten, lassen Sie den Dolch ruhig im Gewande, Teuerste. Um Sinekuren handelt es sich nicht, und meinen alten, lieben Kandidaten schätz' ich gerade so wie Sie.

Elisabeth (ihm die Hand reichend).

Ich danke Ihnen, Röcknitz, daß Sie sich die Mühe gaben, diese Schlußwendung zu finden.

Röcknitz.

Und?

Elisabeth.

Sprechen wir nicht mehr davon.

Röcknitz (ihre Hand festhaltend).

Elisabeth — sehn Sie, ich — ich — — wenn nicht — um Ihretwillen, dann thun Sie's — für — mich!

Elisabeth.

Für Sie!

Röcknitz.

Elisabeth, seit Sie aus meinem Leben raus sind — ich weiß nicht, was mit mir geschieht, ich geh' zu Grunde, seit Sie weg sind.

Elisabeth.

Sie, Röcknitz? Der angesehenste Mann im Kreise, der glänzendste Gesellschafter, (bitter lächelnd.) der galanteste Courmacher? — — — — Ah, Sie thun nicht recht daran, mich so in Angst zu jagen.

Röcknitz.

Was ich Ihnen sage, Elisabeth, ist wie ein Aufschrei. — — — — Mein Leben will ich mir bloß retten, denn das ist ja kein Leben mehr — — — — das ist ja ein bloßes Gedämmer, ein zweckloses, dumpfes Getaumel, bald hierhin, bald dorthin. — — — — Und wie roh bin ich geworden! und wie klein bin ich geworden — — — - alles Große ist raus aus meinem Leben, seit Sie weg sind — — — — die frische Luft ist mir wie abgeschnitten, und ich hab' so viel Platz zum Atmen da drin. — — — — Ich arbeit' von vier Uhr morgens bis in die Nacht, aber das hilft nichts. — — — — Man will doch wissen, wofür man arbeitet. — — Kommen Sie mir nicht mit dem Kinde — — — — das ist ein Spielzeug, weiter nichts. — — — — Einen Menschen muß man doch haben, mit dem man sich — — — — Ah, wenn man Sie wieder in der Nähe wüßte — — — — denken Sie, ich käme abends rübergeritten nach Angerershof oder nach Ziegelei — ganz egal, — das kann Ihr Mann sich wählen. — — — — Oder ihr kämet zu uns und wir säßen wieder auf der Terrasse wie damals und beredeten, was wir geschaffen haben und was wir schaffen wollen. Wenn man sich das ausmalt! — — — Wieder Mensch werden durch Sie — — — — wachsen an Ruhe und an Kraft — Tag für Tag! Und nie will ich Ihnen wieder von Liebe reden. Das schwör' ich Ihnen mit den heiligsten Eiden — — — — Nützt mir ja auch nichts. — — — — Wirkt ja doch bloß wie 'ne Beleidigung auf Sie — — — — Ich werde mich schon zu bändigen wissen. Das sollen Sie sehn. (Schweigen.) Elisabeth — kein Wort?

Elisabeth
(nach abermaligem Schweigen in tiefer Bewegung, doch äußerlich ruhig).

Lieber Freund, was Sie mir da erzählen, das ist ja alles sehr schön und verlockend, aber es geht leider nicht.

Röcknitz (heiser).
Warum geht es nicht?

Elisabeth.
Ich sehe, ich muß Ihnen den Grund sagen, der Sie überzeugen wird, sonst quälen wir uns noch wer weiß

wie lange. — Ich liebe Sie noch, Röcknitz — ich habe nie aufgehört, Sie lieb zu haben. — — — — Nun sehn Sie doch, daß es nicht geht — nicht wahr?

Röcknitz
(mit ausgebreiteten Armen auf sie eindringend).

Elisabeth!

Elisabeth
(flieht, ihn entsetzt von sich abwehrend, in einen Winkel zurück).

Haben Sie Erbarmen. Schonen Sie mich!

Röcknitz.

Endlich! Endlich! (Er will sie an sich reißen.)

Elisabeth.

Endlich! (Sie stürzt aufjauchzend an seine Brust und bleibt, nachdem er sie lange geküßt, mit geschlossenen Augen wie leblos in seinen Armen hängen.)

Röcknitz.

Elisabeth! (Sie antwortet nicht, er führt sie zu einem Sessel. Sie sinkt mit dem Kopf gegen die Lehne, er kniet vor ihr nieder.) Elisabeth! Komm zu dir! Sonst muß ich Hilfe holen!

Elisabeth
(die Augen irr aufschlagend, richtet sich langsam empor und legt die Hände auf seine Schultern, indem sie ihm in die Augen sieht).

So sieht er aus! — So hab' ich ihn. Einmal! Einmal!

Röcknitz.

Weib — angebetetes!

Elisabeth (die Hand auf seinen Mund legend).

Still! Kein Wort! Kein Wort!

Röcknitz (aufspringend).

Ah, wird das ein Leben jetzt! Wird das ein Leben jetzt! Ein einziges großes Fest! — Was, Elisabeth — — Hähähä!

Elisabeth (angstvoll).

Wie meinen Sie das?

Röcknitz.

Wie ich das meine? Nu, ist denn das so schwer? — Ist denn das so schwer?

Elisabeth.

Zwischen uns gibt es doch auf dieser Welt kein Wiedersehn? Wir dürfen uns doch nicht mehr begegnen... Röcknitz, das versteht sich doch von selbst, wenn wir den Mut haben wollen, weiter zu leben.

Röcknitz.

Nein, nein, nein! Alles, was — aber Elisabeth, wir sind doch beide keine Kinder mehr — wir sind doch nicht aus dem Mond gefallen. Herrgott, Weib, du, du, du — küssen kann das Weib! Komm mir nicht mehr mit Widerspruch! Jetzt will ich kein Wehren mehr, sonst werd' ich verrückt. Eher richt' ich dein Haus und mein Haus zu Grunde, als daß ich dich je wieder aus meinen Händen laß'! Ich geb' dir Zeit bis heute abend, und sagst du dann nicht „ja", dann —

Elisabeth.

Was — dann?

Röcknitz.

Das wirst du schon sehn. Dann muß ich auf eigene
Faust handeln. Das ist nu mal nicht anders! — Adieu
— du mein — — (Er will sie umarmen.)

Elisabeth (weicht schaudernd zurück).

Röcknitz.

Ja, was ist denn? (Kopfschüttelnd.) Weiber, Weiber,
wer kennt euch aus! — — Ja, also ich geh'! (Ab.)

13. Scene.

Elisabeth. Später Rosa.

Elisabeth
(bricht in thränenlosem Schluchzen zusammen).

Rosa (von links eintretend).

Ach, Frau Rektor, es ist gleich zwölfe. Weil doch
heute der Herr und die Frau Baronin da sind, — wollen
Sie nicht noch mal bißchen nach dem Mittag sehn?

Elisabeth (wirr).
Ja, ich komme gleich nach dem Mittag seh'n!

Rosa (geht ab).

Elisabeth
(erhebt sich mühsam, — es läutet   sie zuckt zusammen und geht
wankend 'nach der Thür. Unter dem dumpfen Lärm der aus der
Schule strömenden Kinder

(fällt der Vorhang).

Dritter Akt.

Scenerie des vorigen Aktes.

Auf beiden Tischen brennen mit Seidenpapierschleiern umgebene Lampen. Durch die geschlossene Glasthür sieht man auf die Veranda hinaus, wo auf dem Tische, um den die Gesellschaft sitzt, gleichfalls eine Lampe brennt. Durch das Fenster fällt matter Mondschein.)

1. Scene.

Helene. Gleich darauf Dangel. Draußen auf der Veranda Wiedemann. Elisabeth. v. Röcknitz. Bettina. Doktor Orb. Frau Orb. Fräulein Göhre. (Man sieht die Lampe im Winde flackern. Fröhliches Lachen.)

Helene
(sitzt rechts am Fenster und träumt halb horchend vor sich hin).

Dangel (tritt vorsichtig um sich schauend durch die Glasthür ein).

Helene (freudig auffahrend).

Herr Dangel — Sie?

Dangel.

Verzeihung, Fräulein Helene, ich sollte den Ofenschirm holen aus der Eßstube — die Lampe flackert so sehr.

Helene (aufstehend).

Ist es hübsch bei euch draußen?

Dangel.

Ach, reizend! Und es macht alles einen so vornehmen
Eindruck. Man fühlt sich ganz gehoben in seinem Stande …
Wenn Sie nun noch dabei wären! … Fräulein Helene,
kommen Sie denn gar nicht 'n bißchen raus zur Gesell=
schaft?

Helene.

Sie wissen ja, Herr Dangel, das ist nichts für mich …
Und ich stimme ja die andern auch immer traurig …
dann denkt ein jeder: Ach, das arme Mädel! Und wupp!
ist die Lustigkeit weg.

Dangel.

Sie müssen nicht so reden, Lenchen. Da thut einem
ja das Herz weh.

Helene.

Schmeckt Ihnen die Pfirsichbowle, Herr Dangel?

Dangel.

Ich hätt' gar nicht geglaubt, Fräulein Lenchen, daß
es so was Delikates überhaupt geben kann.

Helene.

Sehn Sie, die Pfirsiche hab' ich selber zubereitet.
Die müssen sorgfältig geschält und acht Stunden in Mosel
aufgeweicht werden.

Dangel.

O, das hab' ich mir gleich gedacht. (Draußen Gelächter.)

Helene.

Horchen Sie doch, wie sie lachen!

Dangel.

Der Herr Baron erzählt so lustige Geschichten ...
Manchmal ist es rein zum Vergehn ... Der Kreisschul=
inspektor hat mich schon zweimal sehr strafend angesehn.
Ich mach' mir aber nichts daraus. Na, da kommt er
an den Rechten.

Helene (ängstlich).

Und wie ist Mama? Ist sie fröhlich?

Dangel.

Warum fragen Sie das so?

Helene (leise).

Sie war so sonderbar — heute den ganzen Nach=
mittag ... Sie hörte nie, was man zu ihr sprach, und
hatte ganz heiße Hände.

Dangel.

Nun Sie mich darauf aufmerksam machen, muß ich
auch sagen: Sie ist nicht so wie sonst ... O nein, sie
ist sogar sehr zerstreut.

Helene.

Lacht sie?

Dangel.

Manchmal sehr. Aber dann wieder gar nicht. ...
Das Allerlustigste scheint sie gar nicht gehört zu haben.

Helene.

Sehn Sie, sehn Sie. Ach, Herr Dangel, ich kann ja nicht bei ihr sein, ich bin ja auch zu dumm! Aber Sie werden aufpassen, Sie werden sie beschützen. — Nicht wahr, Herr Dangel, das versprechen Sie mir?

Dangel.

Gewiß, Lenchen — wenn ich nur —

2. Scene.

Die Vorigen. Elisabeth.

Elisabeth.

Herr Dangel!

Dangel (zusammenschreckend).

Ach!

Elisabeth.

Sie wollten doch so freundlich sein und den Schirm besorgen.

Dangel.

Ach Verzeihung ich (Ab nach hinten links.)

Elisabeth.

Mein Lenchen!

Helene (umschlingt stumm ihre Taille).

Elisabeth.

Kommst nicht raus?

Helene (schüttelt den Kopf).

Elisabeth
(zu Dangel, der mit dem Ofenschirm zurückkommt).

Bitte, Herr Dangel, kommen Sie dann später noch einen Augenblick hierher.

Dangel.

Sehr wohl, Frau Rektor! (Ab.)

Elisabeth.

Es ist halb elf, mein Liebling ... Anstatt daß du hier sitzst, wird's besser sein, du gehst zur Ruh — nicht wahr?

Helene.

Wenn du es wünschst, Mamachen, gern!

Elisabeth.

Gute Nacht also, mein Kind.

Helene.

Gute Nacht! (Küßt ihr die Hand.)

Elisabeth
(legt eine Hand gegen ihre Stirn und sieht ihr voll Inbrunst ins Gesicht, dann küßt sie sie leise auf die Stirn).

Helene (geht zur Thür).

Elisabeth
(sieht ihr mit tiefer Bewegung nach, dann halberstickt).

Len —

Helene.

Rief't du mich, Mamachen?

Elisabeth.

Nein, nein, nein, mein Liebling. Schlaf gut!

Helene.

Du auch, Mamachen! (Ab.)

3. Scene.

Elisabeth. v. Röcknitz. Später Dangel.

Elisabeth

(geht zur Glasthür. Röcknitz tritt ihr entgegen, sie fährt zurück).

Röcknitz.

Nun? Ja oder nein?

Elisabeth (wendet sich ab).

Röcknitz.

Du! Sieh mal her! (Zeigt ihr die festgeschlossene Rechte.) So hab' ich dich jetzt. Damit du weißt ... Und los= lassen thu' ich dich nicht mehr ... Da sei du sicher.

Elisabeth.

Was können Sie mir anhaben, wenn ich nicht will?

Röcknitz.

Das wirst du schon sehn. Noch heute abend ... Spielen laß' ich nicht mit mir ... Ob der Bettel hier in die Luft fliegt oder nicht, ist mir höchst egal!

Elisabeth.

Wie seltsam! Ich glaubte Sie doch zu kennen, Röcknitz. Daß Sie so ...

Röcknitz.

Roh! ... Sagen Sie nur frischweg: roh ... Genieren Sie sich gar nicht. — Das liebe, alte Lied das — hat man ja oft gehört.

Elisabeth (ihn starr ansehend).

Schade — schade!

Röcknitz.

Ja oder nein, Elisabeth?

Elisabeth (da Dangel in der Glasthür erscheint).

Bleiben Sie nur, Herr Dangel ... Brennt die Lampe jetzt ruhiger, Herr Dangel?

Dangel.

Es scheint ja, Frau Rektor, das heißt bis ein ordentlicher Windstoß kommt — dann —

Röcknitz (mit Bedeutung).

Ich wette, der wird bald kommen, Frau Rektor!

Elisabeth (auf Dangel weisend).

Ach, lieber Röcknitz, wollen Sie mich einen Augenblick mit —

Röcknitz (achselzuckend).

Wie Sie befehlen, Teuerste. (Ab.)

4. Scene.

Elisabeth. Dangel.

Elisabeth
(sinkt links auf einen Stuhl nieder).

Dangel.

Frau Rektor, ist Ihnen nicht gut?

Elisabeth.

Ganz gut, lieber Freund, ich dank' Ihnen schön . Setzen Sie sich ein bißchen zu mir — so.

Dangel.

Verzeihung, Frau Rektor, wird man Sie nicht ver= missen?

Elisabeth.

Das ist wohl möglich. Ich möchte Ihnen aber gern eine Botschaft mitteilen, die Ihnen gewiß Freude machen wird. Ihre Eingabe ist so gut wie angenommen.

Dangel.

Ach? Hat der Herr Kreisschulinspektor Ihnen das — ?

Elisabeth.

Ja. Aber vorderhand nichts merken lassen. Erst muß noch mein Mann sich offiziell über Sie äußern.

Dangel.

Ach, ich bin ganz —

Elisabeth.

Sie werden uns dann ja in absehbarer Zeit verlassen, Herr Dangel. Das thut mir leid ... Für uns alle ... denn Sie sind uns ein zuverlässiger Freund geworden ... Auch für Lenchen thut's mir leid, die sehr an Ihnen hängt.

Dangel (freudig).

Ja, ist das wahr?

Elisabeth.

Das Kind ist so schutzbedürftig. Und Sie haben sich ihrer immer so freundlich angenommen.

Dangel.

Ach, Frau Rektor, wenn ich sagen dürfte —

Elisabeth.

Sagen Sie lieber nichts ... Worte verpflichten — und das will ich nicht ... Aber es können Umstände eintreten — recht bald — wo sie Ihres Schutzes, Ihrer Zusprache noch bedürftiger wird.

Dangel (betreten).

Wie meinen Sie das, Frau Rektor?

Elisabeth.

Mein Gott, wir stehn ja alle in Gottes Hand, nicht wahr? ... Es ist leicht möglich, daß ich fortan nicht so um sie sein kann, wie ich gern möchte ... Für diesen Fall darf ich darauf rechnen, nicht wahr, daß Sie ihr ein — sagen wir — ein lieber Bruder sein werden?

Dangel.

Frau Rektor, meine ganze Kraft, mein ganzes Leben —

Elisabeth.

Nicht, nicht, nicht! Nicht zu viel! Und nun geben Sie mir Ihre Hand! Gott segne Sie, mein lieber Junge! (Während er sich auf ihre Hand hinabneigt, leise, halb abgewandt, zu Boden schauend.) Gott segne euch beide!

Dangel.

Das ist ja wie ein Abschied fürs Leben, Frau Rektor ... Was soll denn —

Elisabeth.

Nichts — nichts von Belang — nur . . doch sehn Sie mal, was ist da draußen? (Auf der Veranda ist es dunkel geworden. (Gelächter.)

Dangel (von der Thür her).

Nun ist die Lampe doch ausgegangen.

5. Scene.

Die Vorigen. Frau Orb. Fräulein Göhre. v. Rocknitz. Doktor Orb. Wiedemann.

Frau Orb (mit einem Weinglase in der Hand).

Nein, so eine Lampe. So eine Lampe.

Elisabeth (die den Damen einige Schritte entgegengegangen ist).

Ich hoffe, Sie haben sich nicht erschreckt, Frau Kreisschulinspektor.

Frau Orb.

O bitte nein — bitte nein. (Setzt sich — wohlwollend überlegen.) Man nimmt ja in solchen Fällen besser eine Windlampe . . . Nun, man kann nicht alles haben, und Sie sind ja noch eine so junge Frau!

.

Bettina (die sich gleichfalls gesetzt hat).

Trotzdem habe ich schon sehr viel von meiner lieben Freundin Elisabeth gelernt.

Frau Orb (pikiert, doch beflissen).

Allerdings, wenn Sie das sagen, Frau Baronin, Sie mit dem glänzenden Haushalt, dann allerdings —

Elisabeth
(geht auf die Veranda hinaus, Punschterrine und Gläser zu holen, Dangel hilft ihr).

Orb (mit zwei Gläsern in der Hand).

Ich habe mir die Freiheit genommen, Ihr Glas mit= zubringen, gnädigste Frau Baronin.

Bettina (freundlich).

Danke sehr.

Orb.

Ich erlaubte mir soeben, Ihrem Herrn Gemahl einige der Fälle zu unterbreiten, in welchen die Kirchenzucht wohl ein kräftig Wörtlein mit dreinzureden hat, ohne doch die Machtbefugnisse der Gutsherrschaft im wesentlichen zu beengen . . . In Fällen der Trunksucht, der Unzucht, der Arbeitsscheu — von den Normativbestimmungen ganz ab= gesehen —

Röcknitz (der sich in den Lehnstuhl geworfen hat).

Da wir gerade von Trunksucht reden, liebe Elisabeth, geben Sie mir noch 'n Glas Bowle. (Steht auf und tritt an den Spieltisch, auf den sie die Terrine gestellt hat.)

Elisabeth.

Ich bitte schön.

Röcknitz.

Danke unterthänigst. (Leise.) Ja oder nein?

Elisabeth (hastig).

Wem von den Herrschaften ist noch ein Glas gefällig? Sie trinken ja gar nicht, Fräulein Göhre?

Fräulein Göhre (befangen lachend).

Ich weiß wirklich nicht, ob ich . . .

Bettina (gütig).

Kommen Sie nur, liebes Fräulein. Wir beide trinken immer noch eins. Die Herren Vorgesetzten drücken ein Auge zu . . . Was, lieber Rektor?

Wiedemann.

Allbieweil wir alle arme Sünder sind — das heißt Verzeihung, ich spreche nur im eigenen Namen.

Orb.

Nun, nun, ich bin ja auch kein Unmensch . . . Das horazische desipere in loco ist auch für mich geschrieben — gewissermaßen.

Frau Orb (umherschauend).

Nein, wie nett hier alles ist, nicht wahr, Frau Baronin? So geschmackvoll und so gediegen ... Sie müssen sich doch eigentlich recht glücklich fühlen hier, Frau Rektor?

Wiedemann (da sie nicht hört).

Elisabeth!

Elisabeth (auffahrend).

Wie sagten Sie, bitte?

Bettina.

Nun — glücklich sein macht schweigsam. Das sehn wir ja an ihr.

Röcknitz (mit Betonung).

Eigentlich ist es jammerschade, daß das alles hier so bald ein Ende nimmt.

Elisabeth (fährt zusammen).

Wiedemann (betreten).

Aber Röcknitz!

Orb.

Ja, weswegen denn? Ich denke, es sitzt niemand fester in seiner Position als unser lieber Rektor.

Röcknitz.

Daß Sie ihn nicht vertreiben wollen, das glaub' ich allenfalls, Verehrtester.

Orb.

Aber?

Wiedemann.

Sie sehn ja, Herr Kreisschulinspektor, daß er Scherze
macht.

Röcknitz.

So? . . . Na ja . . . Ach, bitte, teuerste Hausfrau,
geben Sie mir noch was zu trinken. (Nähert sich Elisabeth.
Sie will zu ihm reden, wagt es aber nicht.)

Orb (nimmt derweilen Wiedemann beiseite).

Sagen Sie mal, Sie erschraken ja so — was meinte
er damit?

Wiedemann.

Ich weiß   wirklich nicht.

Orb.

Wollen Sie uns nicht die Freude machen, sich deut=
licher zu erklären, Herr Baron? . . . Die Sache interessiert
uns doch gewissermaßen.

Röcknitz.

Ja, was ist denn da zu erklären? Da ist doch gar
nichts zu erklären. Das kann man halten, wie man will.
Nicht wahr, teuerste Hausfrau, das kann doch jeder hal=
ten, wie er will?

Elisabeth (fassungslos).

O gewiß.

Bettina.

Was hat nur mein Mann?

Röcknitz.

Sagen Sie mal, lieber Herr Kreisschulinspektor — mir können Sie's ja sagen — haben Sie schon mal silberne Löffel gestohlen?

Alle (lachen).

Orb (in das Lachen einstimmend).

Nu, erlauben Sie —

Röcknitz.

Ich auch nicht . . . Ich schwör's Ihnen: ich auch nicht — ich bin überhaupt ein Musterknabe . . . Wenn ich einem was nehmen will, denn thu' ich's Aug' in Auge, Brust gegen Brust . . diesen schönen Charakterzug hab' ich nämlich von meinen Vorfahren geerbt . . . da war besonders einer — ein wackrer Rittersmann — der betrieb ein schwunghaftes Geschäft mit Seidenzeug, Rosenholz, genuesischem Brokat, Edelsteinen, Putzkalk und Pomade; — was man so nennt: eine Gemischtwarenhandlung . . . Ne, er war nicht wählerisch . . . er nahm alles weg, was die Gnade Gottes an seiner Burg vorbeiführte. (Wild.) Aug' in Auge, Brust gegen Brust! Den Handel lob' ich mir . . . das machen wir auch! . . . Was, mein alter Kandidat? Heute noch! . . . Machen wir — was? . . . Heute noch — hä?

Wiedemann (durch seine Wildheit bestürzt).

Ja, lieber Röcknitz, da weiß ich wirklich nicht, was ich — (Wendet sich zu Orb.)

Röcknitz.

Hahahaha — ja ja ja!

Elisabeth (hinter ihm — leise).

Erbarm dich — schweig!

Röcknitz (befriedigt vor sich hin).

Hm, hm!

Orb.

Das ist alles so inkohärent — — man sollte glauben — — Ja, wollen Sie mir im Interesse unserer Gastfreunde noch einmal die Frage erlauben, Herr Baron — Wie erklären Sie nun doch die geheimnisvollen Worte, es werde hier bald alles zu Ende sein?

Röcknitz.

Nun — weil — e — weil es Zeit zum Schlafengehn ist. Das ist doch sehr einfach.

Die anderen Gäste (erheben sich lachend).

Orb.

Ja so ... Sie haben uns zwar ein wenig zum besten gehabt, Herr Baron — aber ich darf wohl die Hoffnung aussprechen, (Die Hand zum Abschiede ausstreckend.) Ihnen bald wieder so scherzhaft zu begegnen.

Röcknitz.

Bitte sehr .. Wir vermissen die Herrschaften schon lange in unserem Hause.

Orb.

Ah — diese Freude kommt — so unverhofft — Herr Baron.

Röcknitz.

Also — auf Wiederſehen! (Wendet ſich nach hinten. Allgemeine Verabſchiedung.)

Wiedemann.

Ich ſchließe den Herrſchaften das Hofthor auf, Eliſabeth! (Zu Röcknitz.) Verzeihen Sie ſo lange.

Eliſabeth
(nickt; zu Dangel, der zögernd an der Thür geblieben iſt).

Gute Nacht, lieber Herr Dangel!

Dangel (gepreßt).

Frau Rektor —

Eliſabeth.

Was wünſchen Sie noch?

Dangel (befangen).

Gute Nacht! (Mit Verbeugung ab.)

6. Scene.

v. Röcknitz. Bettina. Eliſabeth.

Bettina.

Sind nette Leute, dieſe Orbs.

Röcknitz.

Ae! Ohrwürmer!

Bettina.

Wenn sie dir so mißfallen, warum ludst du sie denn ein?

Röcknitz.

Weißt du, Bettina, geh zu Bett.

Bettina.

Aber ich bin ja gar nicht —

Röcknitz.

Fir, fir, fir, sag gute Nacht. Es ist Zeit. Ich komme gleich nach.

Bettina (seufzend).

Also gute Nacht, Lieschen!

Elisabeth (sieht ihr ernst in die Augen und küßt sie dann innig).

Röcknitz.

Kinder, zärtlich sein könnt ihr morgen. Fir, fir!
(Bettina ab.)

7. Scene.

Elisabeth. v. Röcknitz.

Röcknitz.

Du hast gesagt, ich soll schweigen. Ich hab' also geschwiegen. Elisabeth   zum letzten Male —

Elisabeth (die Hände gegen Stirn und Augen pressend).

Warum haben Sie mich so in Angst gehetzt? Ich bin doch kein wildes Tier, das man —

Röcknitz.

Ehe er wieder reinkommt — rasch! — Ja oder nein?

Elisabeth.

Es ist also Ihr fester Wille, mein Leben zu ruinieren, falls ich Ihnen nicht —

Röcknitz (lacht kurz und ungeduldig).

Elisabeth.

Röcknitz, auch wenn ich Ihnen sage, daß ich —

Röcknitz.

Es ist mein fester Wille, daß du mir gehörst. Weiter red' ich nichts.

Elisabeth.

Und Sie würden meinem Manne sagen, was heute — zwischen uns —?

Röcknitz.

Hier — gleich — auf der Stelle --! In zwei Minuten, das kannst du erleben.

Elisabeth (nach einem Schweigen).

Es ist gut, Röcknitz. Ich — füg' -- mich also. —

Röcknitz (im Triumph sich redend).

Ah! ... Und laß uns nur erst in den neuen Ver=hältnissen sein. Ach Weib — ich will dich ja —

Elisabeth.

Und das heißt bei Ihnen: Aug' in Auge, Brust gegen Brust?

Röcknitz.

Allemal, wenn's nötig ist ... Aber jetzt noch —
warum denn? Und wenn er reinkommt, dann bringen
wir die Geschichte mit der Pachtung gleich in Ordnung.
Ordnung muß sein. Das versteht sich.

Elisabeth.

Ich bitte Sie inständig: warten Sie bis morgen!

Röcknitz.

Was soll denn das? Warum morgen?

Elisabeth.

Ich bitte Sie!

Röcknitz.

Gut, gut, gut! Galant bis zur Schwäche! (In erwachen=
dem Mißtrauen.) Das heißt, Elisabeth — falls du mir etwa
Dummheiten machen willst bis morgen — es hilft nichts
— denk dran — finden thu' ich dich doch!

Elisabeth.

(Gehn Sie jetzt! Bitte!

Röcknitz.

Ich muß ihm doch gute Nacht sagen. Was soll er   ?

Elisabeth.

Ich werde das für Sie besorgen! Morgen wird
ja --

Röcknitz (mißtrauisch).

Alles morgen! ... Na, gut — also morgen. (Von der Thür her zärtlich.) Gute Nacht!

Elisabeth.

Gute Nacht!

8. Scene.

Elisabeth. Wiedemann.

Elisabeth
(geht bis zur Thür rechts, Wiedemann entgegen).

Wiedemann.

Sind Röcknitzens schlafen gegangen?

Elisabeth.

Sie waren ermüdet und lassen sich entschulbigen.

Wiedemann.

Es war wohl etwas rücksichtslos von mir, daß ich so lang hab' warten lassen, aber Orb hielt mich fest ... Ja, sag bloß, was fiel Röcknitz ein, daß er die Sache plötzlich an die große Glocke hängen wollte? Mir stand das Herz rein still vor Schreck ... Es schien fast, als wollte er über unsere Köpfe weg ein fait accompli schaffen. So darf man sich doch nicht behandeln lassen ... Da wär's wirklich besser — man — na, ich sag' nichts — rein nichts ... du hast zu entscheiden.

Elisabeth (sanft).

Wart bis morgen, Georg.

Wiedemann.

Alles, was du willst, Kind! ... Alles, was du —
(Lacht, von einer Erinnerung erfaßt, laut vor sich hin.)

Elisabeth.

Du lachst?

Wiedemann.

Tja, so hat alles auf der Welt auch so seinen inner=
lichen Humor ... Orb hatte richtig etwas Lunte ge=
rochen ... Schlau is er ja ... Aber anstatt daß er mir
die Sache übelnahm, bin ich sogar im Preise gestiegen ...
Du weißt doch, wie er mich sonst piesakt. Jetzt beim
Weggehen hat er mich mit Zuckerwerk geradezu über=
schüttet ... Sogar Gehaltserhöhung hat er mir in Aus=
sicht gestellt. ... Ja, ja — rar machen muß man sich und
den Vielbegehrten spielen ... Das hab' ich mein Lebtag
versäumt.

Elisabeth.

Da bliebst du wohl — recht gern — wieder hier?

Wiedemann
(nimmt ein Buch aus dem Repositorium — seufzend).

Ach Gott! — ich ... schließlich ...

Elisabeth (mit Kraft).

Du sollst auch bleiben, Georg!

Wiedemann.

Nein — nein — nein — nicht um die Welt. (Er
setzt sich an den Schreibtisch.)

Elisabeth.

Willst du noch arbeiten, Georg?

Wiedemann.

Gott, ich will nur ... man kann doch nicht ganz ahnungslos in die Stunde kommen! ... (Mit versteckter Bitterkeit.) Selbst für einen angehenden Inspektor schickt sich das nicht ... Das übrige mach' ich dann im Bett.

Elisabeth.

Schläfst du gut drüben im Schulhaus?

Wiedemann.

Danke schön. Ganz gut.

Elisabeth (löscht die Lampe auf dem Tisch links).

Gehst du gleich rüber?

Wiedemann.

Natürlich — ich will nur —

Elisabeth.

Dann schieb doch den Schlüssel wieder herein — zum Oeffnen morgen früh.

Wiedemann.

Gewiß. Machen wir.

Elisabeth.

Gute Nacht denn, Georg! (Streckt ihm die Hand entgegen.)

Wiedemann.

Wie dir die Sache im Kopf rum geht! ... Bist ganz blaß ... sah's dir an — den ganzen Abend über! ... Mein Gott, und 's war alles so gut und so schön und so reichlich ... Man traut sich gar nicht, daß man's so haben kann im eigenen Haus ... Hab schönen Dank! (Will sie küssen).

Elisabeth (fährt zurück).

Wiedemann.

Magst mir keinen Kuß geben?

Elisabeth.

Doch! (Neigt sich auf seine Hand herab, die sie rasch mit den Lippen berührt.)

Wiedemann (erschrocken die Hand zurückziehend).

Aber Elisabeth!

Elisabeth (rasch ab).

9. Scene.

Wiedemann. Dangel.

Wiedemann
(sieht ihr in tiefer Bewegung nach, dann nimmt er ein Paket Bücher unter den Arm und will die Lampe löschen ... Man hört auf dem Hofe gedämpfte Schritte, welche vor dem Hause Halt machen. Er horcht auf und ruft zur Glasthür hinaus.)

Ist da wer?

Dangels Stimme.

Herr Rektor — ich bin's.

Wiedemann.

Dangel! Sie? Was wollen Sie noch? ... (Dangel tritt ein.) Wie sind Sie überhaupt auf den Hof gekommen?

Dangel.

Ich bin über den Zaun geklettert, Herr Rektor.

Wiedemann.

Menschenkind, das schickt sich doch nicht für Sie ... Wenn das einer — Warum haben Sie nicht geläutet?

Dangel.

Ich hätt' gern vorhin schon ... aber ich hab' dann erst ... Ich hab' nämlich insgeheim mit Ihnen zu reden, Herr Rektor.

Wiedemann.

So? ... Dangel, eh Sie mir hier etwas vorlügen, die Rosa da in der Küche ist ein hübsches Mädchen. Sie sind jung ... Ich will nichts gesehen haben — aber thun Sie das meinem Hause nicht wieder an. Bitt' schön!

Dangel (mit Entrüstung).

Herr Rektor, beschimpfen Sie mich nicht ... Ich hab' wohl jemand lieb im Haus, aber das ist Ihr Lenchen.

Wiedemann.

Dangel! ... Dangel, ich weiß nicht einmal, ob ich mich freuen soll ... das kann Ihnen leicht Ihr Leben verderben, Dangel ... Und mein armes Kind soll keinem das Leben verderben.

Dangel.

Herr Rektor, mein Leben steht schon vorgezeichnet.

Wiedemann.

Also darum die Pläne — mit dem Blindenlehrer! . . . Weiß sie was?

Dangel (schüttelt den Kopf).

Wiedemann.

Das ist gut, Dangel . . . Das ist redlich von Ihnen.

Dangel.

Herr Rektor, deswegen kam ich nicht . . . Ich komm' weil — Herr Rektor — ich glaub', es gibt ein Unglück in Ihrem Haus . . .

Wiedemann.

Dangel . . . Scht! . . . (Oeffnet die Korridorthüre, lauscht hinaus und sagt dann zurückkehrend.) Reden Sie!

Dangel.

Also, Herr Rektor, Lenchen hat mich heute beiseite gezogen und hat mich flehentlich gebeten, auf die Frau Rektor aufzupassen, — sie sei so anders.

Wiedemann.

Meine Frau? . . . Ja, ja — das hat seine Gründe.

Dangel.

Herr Rektor, Ihre Frau hat dann aber Abschied genommen von mir.

Wiedemann.

Abschied? — von Ihnen? Warum denn gerade von Ihnen?

Dangel.

Weil sie es weiß — oder vielmehr durchschaut — das mit Lenchen! Und da hat sie mir das Kind ans Herz gelegt — wenn sie. — nicht mehr — hier sein sollte.

Wiedemann
(reckt sich stumm in die Höhe, seine Züge werden steinern ruhig).

Hat sie noch mehr gesagt?

Dangel.

Nein. Aber ich hab' sie dann beobachtet.

Wiedemann.

Und?

Dangel.

Ja, wenn ich als unerfahrener Mensch meine Meinung sagen soll, so will sie — will sie —

Wiedemann.

Aus dem Haus gehn?

Dangel.

Ja.

Wiedemann

(sinkt auf seinen Sitz zurück, dann brütend den Kopf in den Händen).

Das — kann — schon —- sein.

Dangel.

Herr Rektor —- lieber Herr Rektor!

Wiedemann.

Und noch in dieser Nacht — nicht wahr?

Dangel.

Ja, das kann man ja nicht wissen, Herr Rektor!

Wiedemann.

Ich werd' also für alle Fälle hier bleiben, nachtüber. Hier wird sie ja wohl durch müssen. Ob sie den — sieht man den Lichtschein weit? (Dangel macht eine Bewegung des Nichtver= stehens) Ich meine, vom Haus aus.

Dangel.

Das glaub' ich wohl, Herr Rektor.

Wiedemann.

Ich werd' also zumachen . . . Ich dank' Ihnen, Dangel! — Hier haben Sie den Schlüssel zum Hofthor . . . das können Sie offen lassen.

Dangel.

Soll ich nicht lieber —

Wiedemann.

Wenn sie gehn will, muß der Weg frei sein. Gute
Nacht, Dangel!

Dangel.

Gute Nacht, Herr Rektor. (Ab.)

10. Scene.

Wiedemann. Später Elisabeth.

Wiedemann

(schließt die Läden des Fensters und der Glasthür, horcht an der Korri-
dorthür und hängt sein Taschentuch vors Schlüsselloch, dann setzt
er sich an den Schreibtisch und versucht zu lesen, aber die Erregung
überwältigt ihn. Ein leises Geräusch wird im Nebenzimmer hörbar.
Er fährt empor und lauscht abgewandten Gesichts. Die Thür wird
geöffnet — ein Aufschrei ertönt — dann wird sie rasch wieder zu-
gemacht).

Ist da noch jemand wach? (Geht etliche Schritte zur
Thür hin.)

Elisabeth

(scheu wieder eintretend, ein dunkles gehäkeltes Tuch über den Kopf
geworfen).

Ich bin es bloß, Georg.

Wiedemann.

Willst du noch ins Freie gehen?

Elisabeth (bebend).

Ja, ich wollte noch bis an den Fluß ... Ich wollte

sehn, ob Fische im Kasten sind ... Röcknitzens bleiben ja
wohl noch zu Mittag — — (schwankt.)

Wiedemann.

Du mußt dich setzen, Elisabeth. Du hältst dich ja
kaum noch auf den Beinen.

Elisabeth (versuchend, sich straff aufzurichten).

O nein — ich —

Wiedemann.

Komm nur. Der Tag war zu schwer für dich. Ich
begleite dich dann. (Führt sie zum Lehnstuhl, in den sie sich schwer
sinken läßt.)

Elisabeth.

Du — wolltest — doch — gleich — schlafen gehn?

Wiedemann.

Ja, ich fand noch etwas Arbeit!

Elisabeth.

Was denn?

Wiedemann.

Ach, nichts von ... Elisabeth!

Elisabeth.

Was, Georg?

Wiedemann.

Elisabeth, wenn es nun zu Ende sein muß zwischen
uns — ich hab's kommen sehn, das weißt du — aber
sich in Nacht und Nebel aus dem Hause schleichen, sieh
mal, das hast du nicht nötig.

Elisabeth.

Woher — weißt du — was — ich — — —?

Wiedemann.

Eigentlich weiß ich nichts … nichts, als was du Dangel gesagt hast … Aber da wir uns hier zum letzten= mal gegenüberstehen, werden wir uns ja keine Komödie vorspielen … Und halten thu' ich dich nicht … das Thor steht schon offen, Elisabeth.

Elisabeth
(einen Moment ratlos, dann in plötzlichem Entschluß).

Dann leb wohl! (Will hinauseilen.)

Wiedemann.

Elisabeth!

Elisabeth.

Was wünschest du noch von mir?

Wiedemann.

Du hast mir zwar nichts mehr zu sagen, das seh' ich … Und was könnte das wohl sein? Du gehst nun deinen eigenen Weg … Wohin? Danach will ich dich nicht einmal fragen … Du hast mir nichts wie Liebes und Gutes gethan — und ich hab' dir dein Leben zer= brochen …

Elisabeth.

Wie denn, Georg? … Du kamst in einer traurigen Stunde, und ich sagte ja … In einer fröhlichen hätt' ich nein gesagt. Das geb' ich zu … Aber schließlich — es war mein freier Wille … Was man so freier

Wille nennt, wenn man im Ertrinken nach einer Hand greift, die sich ausstreckt ... Ich floh damals vor demselben Menschen, vor dem ich heute flieh'.

Wiedemann (stammelnd).

Ich — verstehe — dich — nicht ...

Elisabeth (einfach, ohne Geste).

Wer schläft da oben?

Wiedemann (jäh ausbrechend).

Elisabeth! ... (Sich rasch bändigend, tonlos.) Bist du seine Geliebte gewesen, Elisabeth?

Elisabeth.

Dann wär' ich nicht hier ... So ganz gibt man sich doch wohl nicht auf ...

Wiedemann.

Ja — dann mein' ich, sollte dies Haus wohl der beste Schutz sein, den du auf Erden hast.

Elisabeth.

Das war, Georg. Das war bis heut ... Aber dein Haus hat mich schlecht behütet. Oder du vielmehr hast das Recht zu sagen: ich habe dein Haus schlecht behütet ... Ich hab' mich ihm an den Hals geworfen, Georg, in deinem eigenen Haus.

Wiedemann

(bringt auf sie ein, taumelt zurück und sinkt dann stumm in einen Stuhl)

Elisabeth (nach einem Schweigen).

Ich habe diese Unterredung nicht gesucht, Georg. Ich habe dir nicht weh thun wollen ... Im Gegenteil ... Teurer kann man sein Schweigen nicht bezahlen ... Ihr hättet mich morgen gefunden — und damit gut.

Wiedemann.

Elisabeth — erbarm dich — was hast du —? ... Gott sei Dank, daß ich ausblieb. Gott sei Dank, Gott sei Dank.

Elisabeth.

Danke Gott nicht ... Wir beide haben keine Ursach' dazu. Ja, wären wir anders, als wir sind — hart oder selbstgerecht oder sonstwie — ah! dann hätten wir ein leichtes Auseinandergehn ... dann würden wir uns gegenseitig alle möglichen Vorwürfe machen, und schließlich würd' ich die Thür glatt hinter mir zuschlagen ... So trennen sich ja wohl im allgemeinen die Eheleute ... Aber wir beide! ... Ach, lieber Georg ... Nie ist ein böses Wort zwischen uns gefallen ... Nichts kenn' ich von dir wie Güte und Rücksicht ... Wir waren zum Glücklichsein bestimmt, und wenn wir es nicht wurden, weh' uns jetzt.

Wiedemann.

Lag das nur an mir, mein Kind?

Elisabeth.

Ah, du hast leicht reden ... Du warst fertig mit deiner Jugend, aber ich nicht. In mir fieberte noch alles

— noch jeder Nerv ... Voll Sehnsucht hab' ich gesteckt bis oben. (Leise, halb vor sich hin.) Ach, was hab' ich alles erleben wollen! ... Und da kommen denn die Winter=abende, wo man in die Lampe starrt, und die Sommer=nächte, wenn die Linde vor der Thür blüht — ach, Georg! Und man sagt sich: Dort irgendwo liegt die Welt und das Leben und das Glück — aber du sitzt hier und strickst Strümpfe.

Wiedemann.

Ja, Kind, vielleicht muß das ein jeder durchmachen, der sich sein Los gewählt hat ... vielleicht hat in jedem einmal eine ganze Hölle von solchen Hoffnungen und Wünschen gesteckt.

Elisabeth.

Aber alles, was ich hoffte und wünschte, das klammerte sich an jenen Menschen da oben ... Es war Wahnsinn, das wußt' ich ganz genau. Ah, ob es Wahnsinn war! Aber gerade darum biß ich mich drin fest ... Ich weiß ja selbst nicht, wie sich das zusammenreimt! ... Belogen hab' ich dich nicht, Georg — liebgewonnen hab' ich dich und euch von ganzer Seele, ich bin hergewöhnt wie ans Brot ... Und doch: wenn ich bis heute gelebt hab' unter euch, so hab' ich's nur gekonnt durch diese eine Sehnsucht ... So, nun jag mich raus, wenn du willst.

Wiedemann
(nach einem Schweigen, verletzt, doch ruhig).

Du bist Herrin hier. Geh oder bleib, wie es dir beliebt.

Elisabeth.

So sag mir doch wenigstens ein hartes Wort So viel Güte — das erträgt ja kein Mensch.

Wiedemann.

Wo willſt du hin? Haſt du dir ſchon einen Plan
gemacht?

Eliſabeth (verneint).

Wiedemann.

Was verlangt er von dir?

Eliſabeth.

Haſt du das nicht ſelber mit ihm angezettelt?

Wiedemann (ſchreckt zuſammen)

Eliſabeth.

Ah, jetzt kenn' ich ihn! ... Jetzt weiß ich, an was
für einen ich mein Beſtes weggeworfen hab'! ..... Sei
ruhig, Georg, ich hätt' uns nicht verkauft ... (Mit ſchmerz-
lichem Lächeln.) Weiß Gott, nein!

Wiedemann.

Iſt es darum, Eliſabeth, daß du dieſe Nacht —
haſt — —?

Eliſabeth.

Ob dieſe Nacht — oder ein andermal! ... Ich bin
zu müde, von neuem anzufangen ... Es kommt ja doch
wohl drauf hinaus.

Wiedemann (nach einem Schweigen).

Eliſabeth!

Eliſabeth.

Was, Georg?

Wiedemann.

Willſt du bei uns bleiben?

Elisabeth.

Georg!

Wiedemann.

Willst du bei uns bleiben?

Elisabeth.

Georg, wie soll ich hier leben unter euch mit diesem
Makel auf der Seele? ... Wie soll ich dir in die Augen
sehn? ... Wo soll ich das bißchen Stolz hernehmen, wenn
mich ein Vorwurf drückt? Es geht nicht — das siehst
du doch ein ... Und du wirst es verwinden ...

Wiedemann.

Ah, ob ich's verwind' oder nicht! ... Aber die
Kinder! ... Um Lenchen thut es mir leid.

Elisabeth.

Denk nicht an Lenchen! Mach's einem doch nicht zu
schwer.

Wiedemann.

Da du von Makel sprichst, Elisabeth, und meinst,
du müßtest Angst haben vor mir, so will ich dir etwas
beichten — einen Verdacht, einen — — etwas, was ich
immer mit mir rumgetragen hab'! ... Als ich dich in
jener Nacht so trostlos im Schloßgarten fand, da glaubt'
ich, du wärst verlassen von irgend einem da in deiner
Welt — ich meine — ich meine — ein Opfer geworden.
— — — — Nun weißt du, warum ich gesagt hab', ich
hätt' dich gestohlen ... Aber trotzdem ich schwer drunter
gelitten hab', hab' ich's dich jemals fühlen lassen? ...
Meinst du noch, du dürfest mir nicht mehr in die Augen
sehen?

Elisabeth.

Georg! Georg! (Sie schmiegt das Gesicht an seinen Arm.)

Wiedemann (ihr Haar streichelnd).

Meine Jugend freilich, die kann ich dir nicht wieder=
schaffen ... Aber auch deine wird langsam hingehn ...
die Wünsche werden stiller werden ... die Sehnsucht
wird einschlafen ... bescheiden muß sich jeder — auch
der Glücklichste ... Und vielleicht wird's dann noch ein=
mal ein Glück in unserm alten Winkel.

Elisabeth (nickt mehrmals unter Thränen).

Wiedemann.

Nun geh schlafen, Kind ... Geh ruhig schlafen ...
Morgen früh wird unser Haus rein werden; dafür laß
mich sorgen ... Was siehst du mich so an?

Elisabeth.

Mir ist, als seh' ich dich heut zum erstenmal!

(Der Vorhang fällt.)

Ende.

www.ingramcontent.com/pod-product-compliance
Lightning Source LLC
Chambersburg PA
CBHW020411030726
47496CB00007B/2415